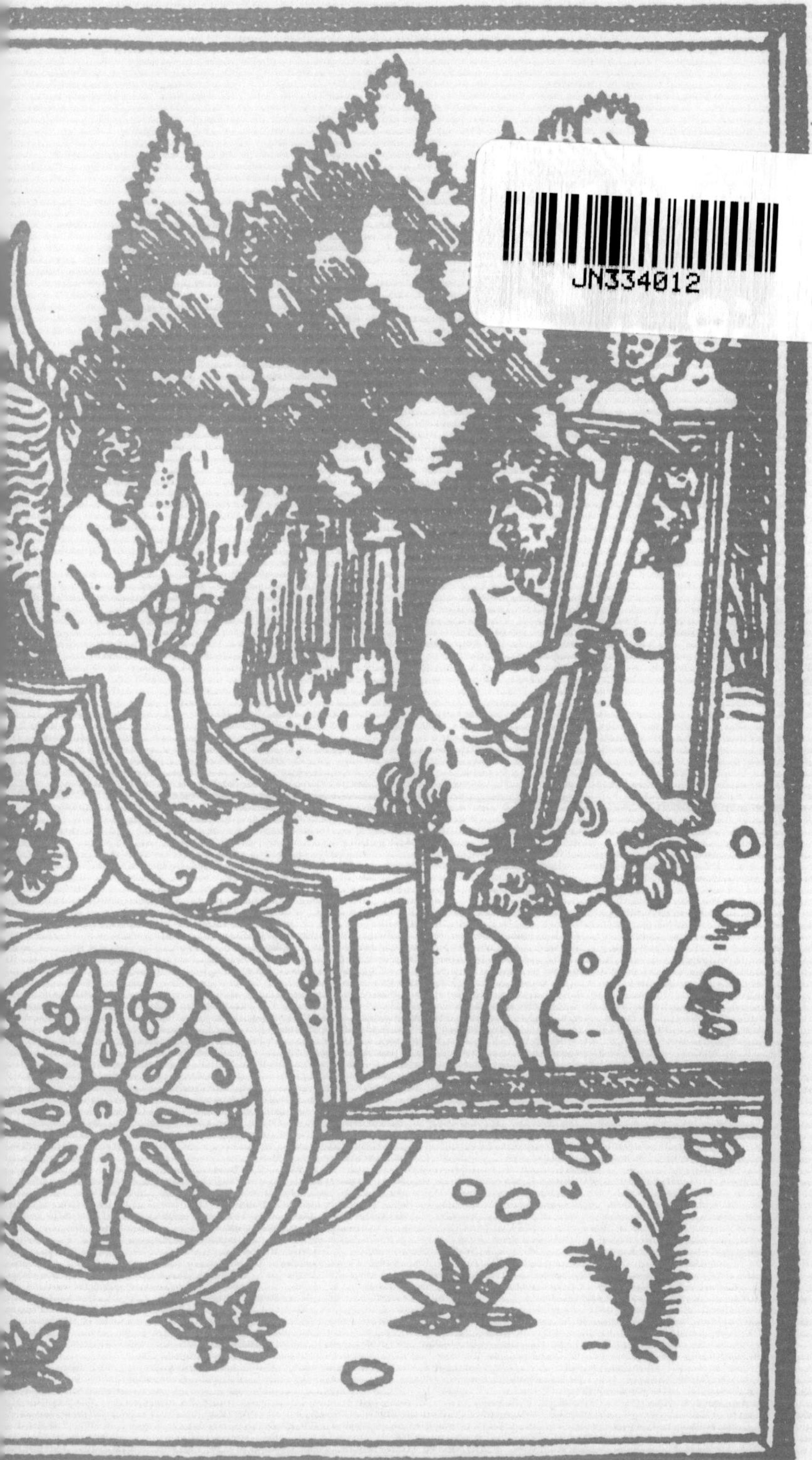

アモルとプシュケ叢書　[Amor and Psyche] Series

フランチェスコ・コロンナ
「ポリフィーロの夢」

シャルル・ノディエ 作
谷口伊兵衛 訳

目　次

シオドーア・ウェズリー・コッチ序文　5

シャルル・ノディエ作
フランチェスコ・コロンナ『愛の戦いの夢』物語　25

付記——理想的な書物　81

"作り咄し家"ノディエ(パトリック・モーリエ)　89
　ノヴェリスト

『ヒュプネロトマキア』梗概　95

訳者あとがき　107

シャルル・ノディエ作

フランチェスコ・コロンナ

『ポリフィーロの夢』

Charles Nodier
*FRANCESCO COLONNA   A Fanciful Tale of
The Writing of The HYPNEROTOMACHIA*
Tr. by Theodore Wesley Koch
(R.R. Donnelley & Sons Company at the Lakeside Press Chicago, 1929)

シオドーア・ウェズリー・コッチ序文

15世紀中葉に印刷は木版術に予期せぬ味方を見いだした。最初は聖者たちの大ざっぱな肖像や宗教画を再現するために用いられてから、徐々に変貌していった。木版工たちが木版本や木版印刷では可動活字＊の印刷術と太刀打ちできないと気づくと、彼らは清書したり装飾したりする職人に代えて、印刷本のページを飾るべき語頭の装飾文字を好んでこしらえるようになったのだ。グイード・ビアージはこう言っている。

「木版術はこうして印刷の味方となってから、細密画家や彩飾家のくびきから解放された。当時までは芸術家の手に任されてきた語頭の文字は、豊富な装飾付きで木に彫られ、版木から印刷されたのである。それから版木は印刷されたページの美しさを高めたり、口絵として用いられたり、さらには、本文を説明する欄外や絵の構図を飾るために使用され始めた。15世紀末までに、この技術は1499年ヴェネツィアにてアルド・マヌーツィオ（1450-1515）が刊行した『ポリフィーロの「愛の戦いの夢」』（*Hypnerotomachia Poliphili*）において完成された。古典古代の刻文に美しく彫られた文字を加味するというこの発見は、文字をうまく順序づけるための手本を供したのであり、それ自体で印刷のページを飾るのに十分だった。各行の調和した均衡を強いる建築的なルールを、これら初期の印刷業者たちは賢明にも踏襲して、書物を写本がそうだったのと同じように魅力的なものにしようと努力したのだった。

唯一残った違いは、印刷本が白黒の単色だったことだ。これのもっとも著しい

＊ 活字版が文字ごとに独立しているもの。

シオドーア・ウェズリー・コッチ序文

効果は，最大の制限に直面して得られるはずのものだった。だから，ページの各行やさまざまな部分を極力精密に配列したり，目で見て快感をもって受け取られるような効果を産出したりするという，二重の必要性が生じた。だが調和を求めてのこういう努力は，近代印刷術の単調な一様性を産み出すほどに誇張されることは決してなかったのである。」

『愛の戦いの夢』はすべての初期版本の中でもっとも探し求められてきたものの一冊である。これはアルドゥス版で刊行された唯一の挿絵入り本だった。ウィリアム・デーナ・オーカットは言っている，「本巻は凡庸を放逐しようという見栄張りな努力をはっきり示している。アルドはどのページにおいても活字の配列に最大の独創性——大文字・スモールキャピタル*の使用，異例な活字形成——を発揮した。多くの場合，活字は挿絵に均り合わせて，挿絵の一部になるようにしている。今日の印刷水準に基づけば，こういう実験のいくつかは弁護できないが，1499年刊行の本ではこれらの実験は，才能のある芸術的な印刷屋が金属活字の厳格な制約内でやり遂げられるものの例外的な展示となっている。158点を数える挿絵そのものは，厳格な建築的方針から，物語内の出来事の幻想的描写へと進行している」。

『愛の戦いの夢』は寓意小説の形に鋳込まれており，それは同時にまた，もろもろの芸術的対象の記述目録でもあるし，ウジェーヌ・ミュンツに言わせれば，「ルネサンス期の建築上の知識の概要」なのだ。刊行を支援したレオナルド・クラッソによるとされるラテン語散文の意訳には，次のような梗概が含まれている。

「読者よ，本書の内容を知りたいのならば，ポリフィーロは素敵な数々のことを夢見たと語っているのだということを承知されよ……。彼は多くの記憶すべき古えの事蹟を考察したと主張しており，またそれらをすべて徹底的に検討した振りをしている。彼はピラミッド，オベリスク，崩壊した大建造物，さまざまな円

　＊　小文字の大きさの大文字。A, B, C, 等。

シオドーア・ウェズリー・コッチ序文

柱……フリーズ，蛇腹，それらの装飾……素晴らしい均衡の取れた扉を，適切な言葉で，優雅な文体で記述している。彼は蒙った恐怖，五人の妙齢の夫人たちで象徴される，五感との出会いを物語っている。彼は素敵な風呂，泉，（自由な判断の擬人化たる）女主の宮殿，上等のすばらしい宴会，多種の宝石や高級品，舞踏会形式のチェス・ゲーム……三つの庭——一つはガラス，もう一つは絹，三番目は人生を象った迷路の形から成る——を描述している……。彼はわれわれにポーリア，その服装，その顔を示している。彼が言うには，ポーリアと彼は廃墟の神殿が建つ岸辺でエロスを待っていた……。二人がこの付近にいたとき，エロスが六名のニンフに漕がれて帆船（スキフ）で到着した……。彼らはキュテラ島に行き着いた。この島の果樹園をポリフィーロが列挙している……。そこでの出来事の一部始終が語られる……。第二巻では，ポーリアが家族の話，トレヴィーゾの建物の話をする……そしてこの詳述はこの上なく高尚な，無限の装飾や推論で完成されるのだが，そのときポリフィーロがナイチンゲールの囀（さえず）りで目覚めるのだ。」

Hypnerotomachia を *The Strife of Love in a Dream* ときれいに英訳したエリザベス朝の訳者アルフレッド・W・ポラード氏も言うように，この作品は「考古学的な恋物語であり，おそらくは古代そのものを女主人公にしており，恋人の求婚の過程よりも，彼女が恋人に対して繰り広げる場面のほうにはるかに注意が振り向けられているようだ」。「ポーリアの恋人」ポリフィーロは熟睡し，夢の中で——序文を引用すると——「記憶に値する数多くの古物を委細に至るまで見て，それらを優雅な文体で適切な言葉で記述するのだ，それらを記述するばかりか，それらの寸法も測っている。ポーリアは彼を女王エレウテリリデの宮殿に連れて行く——ゼウスとその初期の恋愛や，バッコスとウェルトゥムヌス[*1]，ポモーナ[*2]の勝利の祝宴，それに庭の神，プリアポスの祝宴を見物するために。

[*1] 四季と植物の生長の神（ローマ神話）。
[*2] 果樹の女神（ローマ神話）。

シオドーア・ウェズリー・コッチ序文

ポーリアはポリフィーロに廃墟の神殿に入るよう説き伏せるのだが，その中で彼女は地獄の幻を見て驚く。そのときエロスが恋人たちを，六名のニンフが漕ぐボートで運び去る。一行はキュテラ島にやって来て，アドニスの墓を見，アドニスを祝した祭のことを告げられる。ポーリアのほうは自分の話や，自分の恋物語を，トレヴィーゾの建物やレリア一家の運命にたまたま関連づけて，ニンフたちに記述するのである。

　疫病に冒されて，彼女はアルテミス*に身を捧げた。ポリフィーロは彼女を神殿の中で見つけて，自分が彼女への恋に陥ったことを打ち明けた。ところが，彼女はエロスの残忍な乙女たちへの復讐の場面に怯えたため，彼を慰めた。それからすぐ二人は神殿から追い出されてしまい，アフロディテの巫女に訴え出たところ，この女神によって二人は結びつけられた。この時点で夢は終わり，ポリフィーロは嫉ましいこの日を悲しんで，その『愛の戦いの夢』(Hypnerotomachia) を完成させるのである（日付はトレヴィーゾにて，1467年5月1日となっている）」。

「第三番目の要約では，五名のニンフが実は五感だと告げられる。女王エレウテリリデは自由意志なのであり，迷路みたいな庭は人生を代表する。この寓意には深い意味がありそうには思われない。たんに教会の検閲を避けるために持ち込まれたのかも知れない。ポーリア（ルクレツィアとも一度呼ばれている）がトレヴィーゾの実在した人物で，1464年から1466年にかけて同市を襲った疫病の後，実在の修道会に入会したというのもおそらくありそうにない（彼女は有力な司教の姪イッポリタ・レリオと同定されてきたのだけれども）。POLIAM FRATER FRANCISCUS COLUMNA PERAMAVIT（修道士フランチェスコ・コロンナはポーリアを熱愛せり）は各章の冒頭句で告げられている話なのだが，フランチェスコ・コロンナは1455年以降，ドミニコ会に入会していたし，当時は修辞学教師だった。また仮に彼には考古学の司教がいたとしても，彼が夢見ていたのは

　　＊　ローマ神話では月の女神ディアナ。

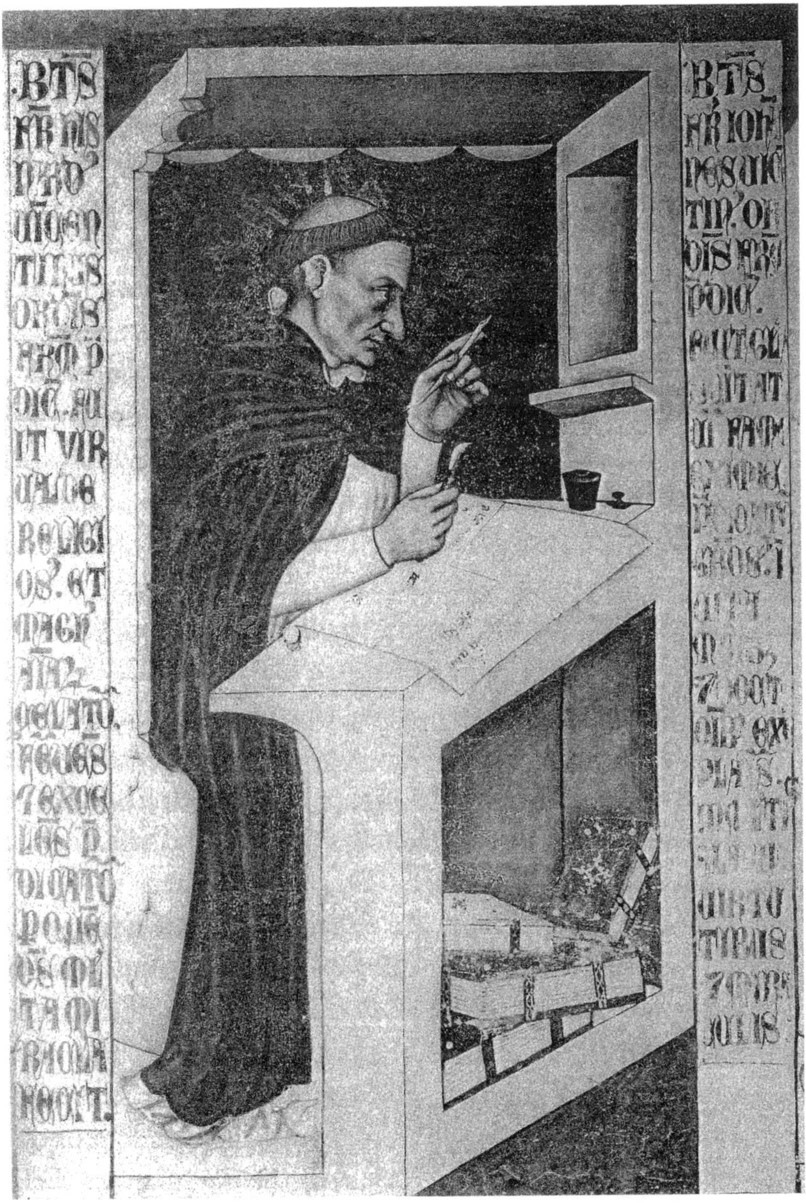

シオドーア・ウェズリー・コッチ序文

この司教の姪へというよりも、古典古代への愛だったというのがより確からしい。
　1471年にはコロンナはヴェネツィアの聖ジョヴァンニ・エ・パオロ修道院に加わったし、二年後にはパドヴァにおり、1500年には彼の修道院の聖具保管者となり、そして、老齢と病弱になった結果、1521年には少量の薪、パンとブドウ酒を与えられ、1527年には没している。小説が法律学者レオナルド・クラッソの出費で1499年に刊行されたとき、コロンナはもう66歳になっていたし、没したのは約94歳だった。出版してくれたクラッソについてはほとんど知られていない。1508年には、コロンナはこの本の特許更新への申し立て書で、「法王庁書記長」(prothonotarius apostolicus) を自ら名のっている。彼はこれを「たいそう上品で有益かつ実り多い作品、世俗のポリフィーロ」(Polifilo, opera molto utile et fructuosa de grandissima elegantia) として引用し、「戦時や混乱の時代には」(per li tempi et disturbi di guerra) それを外国へ輸出できなかったこと、また彼が「優に数百枚の金貨(ドゥカート)」(assai centenera de ducati) をはたいて刊行したすべての版本のほとんどがいまなお売れ残ったことを挙げて説明している。1508年には、ヴェネツィアの出版業はもちろん、悪い時代を経験してきたばかりだったし、この本の財政的な失敗はクラッソがグイード公爵への献辞の中で言及していた「その中で驚くべき一つのこと」(res una in eo miranda) ——イタリア語で書いてあるのだが、ギリシャ語・ラテン語の知識がなければ理解できなかった ("qoud cum nostrali lingua loquatur, non minus ad cum cognoscendum opus sit graeca et romana quam tusca et vernacula") ——のせいもたぶんあったであろう。ギリシャ語といっても、いくぶん特殊なものを指していたのかも知れないのだが。
　「素敵な挿絵の作者に関しては、三番目の絵にある .b. のサインから、数多の有名画家に帰せられる結果になったが、今日かなりよく認められているところでは、イタリアの有名画家たちが書物の仕事に関係しなかったこと、.b. というのはたぶん木版師たちの工房のサインだ、ということだ。同じ手により挿絵された

10

シオドーア・ウェズリー・コッチ序文

ほかの書物のリストを作ろうという試みは，扱われるべき人格の二重性にぶつかって阻まれている。当の筆者としては，同一の図案家と同一の挿絵画家が何か別の本で共同作業をしたりしたのか，と疑いたくなっている。」(Catalogue of Italian Books in the C. W. Dyson Perrins' Collection)

『愛の戦いの夢』は擬古的であると同時に俗語的でもあるという，雅俗混交的な言語で書かれており，実はボッカッチョの文体の誇張された模倣に過ぎない。木版はラファエロ，ジョヴァンニ・ベッリーニ，カルパッチョ，マンテーニャにというように，時期を異にして帰属させられてきた。ウジェーヌ・ピオとバンジャマン・フィロンは木版をアルド家に雇われた挿絵師——メートル・オ・ドーファンの名で周知の画家で，イギリスの芸術批評家ウィリアム・ベル・スコット氏がStephanus Caesenas Peregrinus と同定した——に帰属させている。このいわゆる"イルカの名人"は15世紀末にヴェネツィアで暮らした芸術家だったと想定されており，アルドが用いた印刷屋のマーク——錨(いかり)とイルカ——を考案し，ときどき標語 Festina lente（急がば回れ）*とともに用いたことがある。故レオン・ドレ（パリ国立図書館の写本管理人）は，ベルナルド・パレンティーノがパドヴァのサン・ジュスティーナ修道院で描いたフレスコ画に，ヒエログリフ，象徴，寓意画が似ているらしいという事実から，ベルナルド・パレンティーノへと傾斜していた。

『愛の戦いの夢』のフランス語訳は，ジャン・マルタンによって行われ，ジャック・ケルヴェールにより1546年に刊行されたが，これまた匿名の木版画で飾られており，イタリア語原典のそれと同じぐらい多くの議論を巻き起こした。フランス語版の木版画は，原典の古風なやり方から解放された，純フランス様式で原典を置き換えたものである。ポラール氏によると，これは木版画を改造したもっと

＊ 元来はギリシャ語から，ラテン語訳されたもの。皇帝アウグストゥス，エラスムスが愛用して弘まった。

シオドーア・ウェズリー・コッチ序文

も興味深い一つのケースなのだ。元の絵図の配置は忠実に踏襲しているが，ヴェネツィア版の低くてややふっくらした人物像を，当時フランスの木版画で流行しだした長くてむしろすらりとした人物像で代替したり，また，風景の処理でも同じような変化を持たせたりすることで，調子はすっかり一変している。フランス版の絵図や版木はジョフレ・トーリ（ケルヴェール版の刊行より十三年も前に亡くなった），ジャン・クーザン，ジャン・グージョン（彼はやはり同じジャン・マルタンにより翻訳されたウィトルウィウスの『建築論』に挿絵を描いた。その中の版画は仏訳 Songe de Poliphile のものと著しく似ている）に帰せられてきた。ベルトラン・ゲガン氏は『フランチェスコとその《夢》の諸版に関する覚書』(Notes sur Francesco et les éditions du Songe) において，この傑作に関して当時の有力芸術家の大半がジャン・グージョンに協力した，との見解を表明している。彼は技術上の変更，構図の質的差異，実際の彫版そのものを，このはなはだもっともらしい仮説の根拠にしている。

シャルル・ノディエ（1780-1844）が書いた恋愛物語は，『愛の戦いの夢』にある折り句をヒントにして，彼の最後の物語の土台にしている。『フランシクス・コロンナ』が公表されたのは，1843年の「芸術の友会報」(Bulletin de l'ami des arts) 誌上でのことだったのだ。*

私が最初にこの書誌的な物語に興味を引いたのは，『フランス語から翻訳された，愛書家のための物語』(Tales for bibliophiles, translated from the French, Chicago, The Caxton Club, 1929) に携わっていたときである。本書の中では，ノディエの周知の物語『愛書狂』や，アレクサンドル・デュマ（ペール）の『回想録』からの一章も見えており，デュマがノディエと懇意になり，たまたま書誌学の初講義を受講するに至った経緯の説明がある。ノディエの書籍蒐集への態度に関心のある向きは，この『愛書家のための物語』の中の前置き資料や注釈を参

---

* ノディエは翌1844年に没している。

シオドーア・ウェズリー・コッチ序文

照されたい。

ジュール・ジャナンは『討論ジャーナル』(Journal des Débats) 1844年2月5日号誌上で発表した死亡記事でノディエの忠実な肖像を描述した。これはすごく僅かな変更を加えた上で，死後出版 Franciscus Columna ; dernière nouvelle de Charles Nodier (Paris, Techener et Paulin, 1844) への序文として復刻された。この覚書は『演劇文学史』(Histoire de la littérature dramatique) 第5巻では改訂され，かなり増補されていて，愛書家ジャナンは愛書家ノディエについてこう述べている。

「彼の古書への情熱は頭や心もろともすべての情熱に取って替わっていたし，そして過去の輝かしいページを発見しようというこの熱気の底にあっても，彼は或る種の用心をしていた。」

一度ならず，ノディエはしぶしぶ愛惜しながらも，自分の愛書を売却したことがあった。スカリジェル*1 はかつて言ったことがある。「友よ，人生の大きな不幸の一つを知りたいか？ よし，それならあなたの書物を売りたまえ！」

ノディエはグロリエ*2 本人の熱意や注意をもって蔵書の装丁をした。書物を優しさと配慮を込めて蘇らせてから，ノディエはこれに蔵書番号と自分の名前を書き加えた。それから，それを蔵書目録*3 に登載したのだ。その目録はたちまち魅力ある学術書になった。それから，素晴らしいこの本は最高額入札者に売却された。ノディエは稀少な書誌の偶然の掘り出し物を売却して小銭を得ることに満足した——けれども，翌日にはそれらを買い戻すことも間々あったのである。

---

*1　フランスの古典学者で批評家 (1540-1609)。

*2　ジャン・グロリエ・ド・セルヴィエール (1479-1565)。フランスの愛書家。グロリエ式装丁で有名。

*3　Description raisonnée d'une Jolie Collection de Livres (Nouveau Mélanges tirés d'une petite Bibliothèque) Paris : J. Techener, 1844. 1254点を収録。ノディエ書誌，索引，価格表も付されている。

シオドーア・ウェズリー・コッチ序文

　1927年の5月から6月にかけて，(ノディエが1823年から1844年1月27日に没するまで司書を勤めた) パリのアルスナル図書館では，ロマン主義運動の創建百年祭を祝う展覧会が催された。『シャルル・ノディエのサロンとロマン主義者たち』(Les salon de Charles Nodier et les Romantiques) と題する記念目録の中で，アルスナル図書館管理人ルイ・バティフォル氏はこの建物，所有者たち，文学史上にそれが占める位置に関して興味深いいくつかの事実を示している。
　アルスナルが1600年にシュリー公爵＊により設立されたのは，砲兵隊長の邸として役立てるためだった。18世紀に拡張されて，19世紀には二つの有名な文学サロンにより，その過去の名声の反響をいくらか取り戻した。そのサロンの第一は，ボナパルトにより建物の中に邸を認められたマダム・ド・ジャンリのものだった。第二のサロンはシャルル・ノディエのそれだったのであり，彼の特異な幸運から，彼の住居がロマン主義運動の揺籃になったのである。ノディエは勇敢にも改革者たちを擁護する立場を取り，彼らを自宅に受け入れ，激励し保護したのだった。
　ノディエ夫人は親切で好判断をし，完璧な女主人として地味ながらも心から受け入れる手助けをした。毎夕の多くの成功は娘マリーのお蔭だった。彼女の陽気さ，上機嫌，微笑はアルスナルの魅力の一部を成していた。
　ヴィクトル・ユゴーはマリーを「アルスナルの聖母マリア」と呼んだ。彼女のアルバムは夥しい数の有名作家たちのサインや自筆作文で詰まっていて，これは彼女が会ったすべての人々に感銘を喚起したことの最上の証明である。彼女はたいして美人ではなかったが，もっとも冷淡な人びとの心をも動かす柔順でうっとりさせる女らしさの魅力を備えており，洗練さと優雅さがすべての人の心を射止めたのである。
　デュマはその『回想録』の中で，これら夜会(ソワレ)についての生動的な描写をわれわれに残している (その一章は『シャルル・ノディエのサロン』Le Salon de Charles Nodier の中に復刻されている)。食卓が用意されたのは6時で，余分の

　＊　フランスの政治家 (1560-1641)。

シオドーア・ウェズリー・コッチ序文

　三皿ないし四皿が常連のために，またもう三，四皿は偶然やってくる客のために取って置かれた。その一人がデュマで，もう一人はノディエ本人と同じ司書のサン＝ヴァレリだった。サン＝ヴァレリはたいそう背が高くて，学識豊かだったが，独創性やエスプリを欠いていた。彼の図書館ではどんなに高い書架に置かれた本でもこれを取るのに梯子は滅多に使用する必要がなかった。長い両腕の一本を伸ばして，爪先で立ち上がり，目当ての本がフリーズの下に置かれていても手に取るのだった。
　あるとき，親交を認められて，ノディエ家での楽しい夕食に出かけた人のことをデュマが語っている。すでに用意されたものに一，二ないし三つの席を加える必要があれば，それらは加えられた。食卓を延ばさねばならぬ場合は，延ばされた。でも，十三番目にやって来た者はわざわいなるかな！　彼は小さいサイドテーブルで食べざるを得なかった——十四番目の客がさらに思いがけず訪れて，先客を苦行から解放した場合は別だったのだが。デュマによると，この十四番目の客が知己の一人となるや否や，その人の席はノディエ夫人とマリーの間に一度限り設けられるのだった。デュマが扉の所に現われると，歓喜の叫び声とともに迎えられ，ノディエは長い両腕を広げて，彼に握手したり，抱擁したりした。
　「ノディエは公言した——自分は彼と幸運の巡り合わせをした，自分は彼が話すを不要にしたのだから。でも，そういう場合には，無精な家主の喜びだったことが，客人の絶望だったんだ。この世でもっとも魅力的な話し手に話さないでもよいことにするのは，ほとんど犯罪だったんだ。実際，会話のこういう副王の位を委託されたからには，私は適切に任務を果たすために，一つ格別な独りよがりを試してみたい。怖くない幽霊のいる家と，われ知らずに愚かな者のいる家とがあるとする。私には自分の好きな三軒の家があり，その三軒では，私の元気，私の心意気，私の若さが絶えず輝いていた。それらは，ノディエの家，ギュイエ＝デフォンテーヌの家，ツィンマーマンの家……だった。ノディエが話した——そしてそのとき大小の子たちは彼の話を聴くよう静止させられた——か，それと

シオドーア・ウェズリー・コッチ序文

も彼の沈黙がドーザ，ビシオと私自身に会話をさせたのか，とにかくいつでも魅力的なディナーは時間を告げられることなく終わるのだった。地上もっとも権力のある君主——この君主が知的な君主だったとしての話だが——に相応のこのディナーはね。」

「このディナーの終わりには，同じ食卓でコーヒーが出された。ノディエはもちろん食卓から立ち上がって，モカ香味料を取りに行くほど遊蕩(ゆうとう)好きではなかったから，彼が十分に温かくてフルーツやリキュールの香りがぷんぷんする食堂の椅子に乗って取り出せるときには，あまり熱せられていないサロンに不如意に出て行くことはしなかった。」

「ディナーでのこういう最後の行動ないしエピローグの間に，ノディエ夫人は娘マリーと一緒に立ち上がって，サロンの明かりをつけに行った。コーヒーもリキュールも飲まずに，私は自分の背丈が役立つはずのこの仕事で二人を助けるために後について行った。私なら椅子の上に立ち上がらずにシャンデリアや燭台の明かりを灯すことができたからだ。言うまでもなく，もしサン＝ヴァレリがその場にいたなら，彼のほうが私より1フィート背丈が高かったから，明かりを灯す仕事は当然彼に回ったことだろう……。」

「入って左手の，大きな入り込みみたいな片隅(アルコーヴ)に，マリーのピアノが置かれていた。この片隅は十分なスペースがあったから，この家の友だちがマリーの傍らにいて，彼女が敏捷で確かな指先でカドリールやワルツの演奏をしている間，ずっと留まることもできた。だが，こういうカドリールやワルツの演奏はときたま行われただけだった。二時間は決まって会話に費やされたのだ。10時から1時までみんなは踊ったものだった。」

「ノディエが食卓を離れて，壁炉の傍らに行き肘かけ椅子で背伸びするときは，エゴイストで逸楽主義者の彼が，食後のコーヒーに続く至福の瞬間の幻想的な何らかの夢をたっぷりと追跡して楽しみたがっていることを意味した。他方，立ち続けようと骨折りながら，煖炉柵に寄りかかって，ふくらはぎを火に，背中を鏡

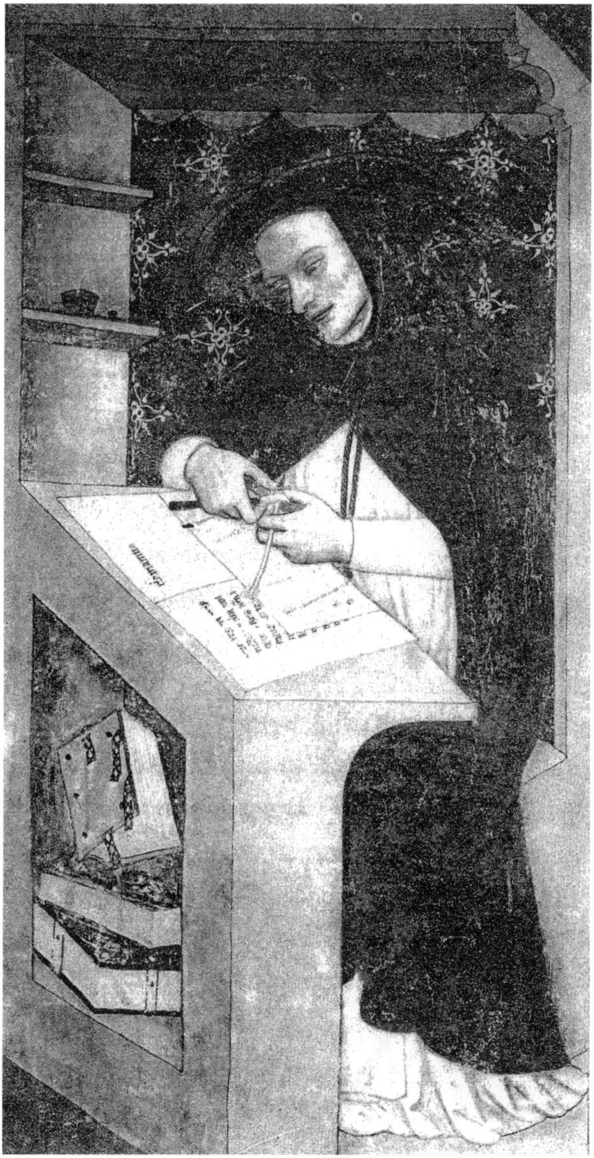

シオドーア・ウェズリー・コッチ序文

に向けておれば，彼が或る話をしようとしていることを意味した。するとそのとき，その口からユーモアのある繊細な冗句が飛び出ようとしている朗読を思って，みんなはあらかじめ微笑するのだった。話が止む。そのときだ。ロンゴスの話*1 とかテオクリトスの牧歌みたいな若者の魅力ある物語の一つが繰り広げられるのだ。それはウォルター・スコット卿とシャルル・ペローそのものでもあった。詩人とつかみ合う学者みたいだった。記憶と想像力との葛藤みたいだった。」

「ノディエは聴いて楽しかったばかりでなく，見るからに魅力的でもあった。ひょろ長い体つき，細長い腕，蒼白く長い手，長い顔をしており，メランコリックな落ち着きに満ちており，すべてが調和し，少々間のびしたスピーチとフランシュ=コンテ*2風のなまりが入り混じっていたし，ノディエが恋物語とかヴァンデ平原での戦い*3とか，革命広場での惨事とか，カドゥダル*4やウーデの陰謀についての朗読とかを開始しようといずれにせよ，ほとんど息もしないで聴かなくてはならなかった。この語り手の妙技はすべてのことからエキスを引き出す仕方を見事に知り尽くしていたのだ。入室者たちは何も口にせずに，手招きで挨拶したのであり，肘かけ椅子に座るか，壁にもたれるかした。朗読は決まって早く終わった。なぜ中止したのかは誰にも分からなかった。ノディエは想像力と呼ばれている資産家(フォルトゥナトゥス)の財布から永久に引き出せるものとみんなから解されていたからだ。決して拍手されたりはしなかった。いや，小川のせせらぎ，小鳥のさえずり，花の香りに拍手したりする者はいない。そして，せせらぎが止み，さえずりが消え，香りが蒸発すると，みんなは聴き，待ち，さらにもっと欲しがるのだった！」

「だがノディエはそっと炉端の棚から自分の肘かけ椅子へ身を滑らせるのだっ

---

*1　『ダフニスとクロエ』のこと。
*2　フランス東部地方。1676年にフランス領となる。
*3　フランス革命時に王党派が反乱を起こした (1793-96)。
*4　(1771-1804) ヴァンデの反乱およびふくろう党の反乱の指導者。

シオドーア・ウェズリー・コッチ序文

た。ラマルチーヌとかユゴーのほうに向かって微笑し，『こんな散文はもうたくさんだ。何か詩を，詩を見せようよ！　さあ！』と促すのだった。」

「すると，口説き落とされるまでもなく，あれこれの詩人が順番に，両手を肘かけ椅子の後ろにおいたり，肩をしっかり壁に密着させたままで，口から調和した詩のうねりの塊を流れ出させる。そのとき，どの頭も新しい方向を振り向き，どの心もその思いの飛翔を追いかける。それは鷲の翼に運ばれて，雲の霧の中，代わる代わる嵐の雷光とか，陽光の合間を羽ばたくのだった。」

「今度はみんなが拍手した。それから，拍手が止むとマリーがピアノに近づき，輝かしい鍵（けん）の連発が空中に放出された。これはカドリールへの合図だった。椅子や肘かけ椅子は片づけられる。カード遊びをしていた者たちは隅っこで身を守り，ダンスの代わりにマリーと話をしたがる者たちは，くぼみ（アルコーヴ）に滑り込むのだった。」

「ダンスパーティが始まると，ノディエは決まって踊りがひどく下手なものだから，カードのほうを要求した。この瞬間から，ノディエは面目丸つぶれになった。こっそり姿を消し，すっかり忘れ去られるのだった。ノディエは往事の主人みたいだったのであり，自分は受け入れる者にこっそり場を譲って，その後は，その者が持ち主の家の主人に入れ替わるのだった。」

「さらに，ノディエはしばらくの間姿を消してから，完全に姿を消すのだった。自分で早く就寝するか，むしろみんなが彼を早く寝かせた。この大きな子供を寝かせる義務はノディエ夫人にかかっていた。だから，彼女はいち早くサロンを離れ，ベッドを開けに行った。それから冬のはなはだ冷たい時期に，たまたま台所に焚き火がなかったりすると，踊り手たちの間に温かい手鍋を手渡すのが見られた。その平鍋はサロンの壁炉に近寄せられ，その大きな火口が開けられ，熱い燃えさしを受け取ってから，それは寝室に運ばれた。ノディエはその温かい平鍋の後に従い，一巻の終わりとなったのだった！」

　以下のノディエの話はたぶん，デュマが描述した夜会（ソワレ）の一つで読まれたものらしい。

シオドーア・ウェズリー・コッチ序文

『フランシスクス・コロンナ』(Franciscus Columna) は1844年の作者没後間もなく別個に刊行された。最近やっと容易に接近できるようになったのは，シリーズ『マンダリンの棚』(Rayon du Mandarin, Paris, La Connaissance, 9 Galerie de la Madeleine, 1927) の中のNo.4としてリプリントされてからだ。この版（実はオランダのマーストリヒトで印刷された）への序文で，クレマン・ジャナンはノディエのことを，巨体の持ち主で，長い二本足で立ち，頭は聡明，微笑を浮かべ，いたずらな目つきをしており，心は常に用心を怠らず，好奇心がたゆみなく，博学で，フランス語を熱愛し，簡潔でひらめくページを好み，自著が論じられるときは本を嫌ったが，他人の書物が論じられるときは愛書熱を抱いた，と記述している。

　J・トリアドーによる八枚の着色石版画入りの，この物語のカタラン語訳は，『愛書家の短篇物語集』(Contes de bibliòfil, Barcelona, Institut catalá de les arts del llibre, 1924, pp. 21-55) に収録された。

　ラファエル・V・シルヴァリによるスペイン語訳は，ノディエの『愛書狂』(Le Bibliomane) の同人による訳に引き続いて，シリーズ『愛書家の小コレクション』(Pequeña colección del bibliófilo, Madrid, Librería de bibliófilos españoles) に収録されている。

　『愛書家の地獄』(L'enfer du bibliophile) の著者シャルル・アスリノーは『フランス愛書家』(Le bibliophile français, novembre, 1868) 誌上で，もし自分が百年記念のために"小説賞"(prix de la nouvelle) を贈らねばならなくなったとしたら，『書誌小説フランシスクス・コロンナ』にそれを贈呈するつもりだ，と述べた。こうした熱狂ぶりは多くの人から共有されることはできなかった。さもなくば，この物語はもっと広く知られてもっと頻繁に印刷されたことだろう。

　ベルトラン・ゲガンによる新版 Le Songe de Poliphile (Paris, Payot) への書評 (Les Nouvelles littéraires, juillet 9, 1927) において，フェルナン・フルレは学者としてのノディエの霊に捧げて——ましてや入念な学問におもねたりす

シオドーア・ウェズリー・コッチ序文

ることもなく——ほめたたえてはいない。

　ノディエは植物学，昆虫学，文法といったまちまちな分野を開拓した。彼は小説家，歴史家，詩人，愛書家でもあったし，サント゠ブーヴに言わせると，不正確さへの著しい才能に恵まれていた。

　ゲオルク・ブランデスはこう書いている。

　「ノディエはあまりにも突飛な発明の才能を有していたから，彼が幻想や幻覚にさらされていたに違いないとは，ほとんど信じ難い。彼は本当のことを滅多に告げられないという，ある種の詩的気質に特有の，危険な性質を持っていた。彼が語っていることが真実なのかフィクションなのかを確実にだれも——彼本人すらも——かつて知った者はいなかったのだ。冗談は二つの中間だ。ノディエはフランス人のうちでもっとも愉快な一人と目されてきた。友人たちから，彼の話の一言も信じなかったと語られたときにも，彼は少しも感情を害したりはしなかった……。彼本人も蓋然性を探求したことがなかった。蓋然性の世界は彼の世界ではなかったのだ。彼が生きたのは，伝説の世界，空想的なおとぎ話と怪談の世界なのだ。」

　R・ヴァレリ゠ラドーはこう言っている。

　「きっと今日の読者なら，ノディエの本につき合っていくらか当惑するし，また，軍隊の全景にあって，彼の見ている実際の弾薬箱や，往々にして真の大砲，砲弾が，一見したところ描かれた画布とあまりにも完全に混じり合っているために，どこで現実のことが終わり，どこで錯覚が始まるのかを言うのは難しい。彼自身の時代についての彼の研究や追憶を信頼の心をもって読むとしたら，われわれは決まってこう言うだろう——『ノディエは誤っている。彼の誤っていることはまったくありそうにないばかりか，現実には不可能だし，歴史と完全に背馳している』と。ただし，これはノディエの全著作が彼の書物の一冊の表題《幻想小話集》(Contes et Fantaisies) であるべきだと読者が賢明にも判定を下すまでのことである。」

シオドーア・ウェズリー・コッチ序文

　それなら，事実に依拠していないと分かっている，推定歴史物語に，なぜいくらかでも時間を割いたりするのか？　真実ではないと分かっている描写になぜ手間取ったりするのか？　想像力の仕事をなぜ読んだりするのか？　読者の皆さんよ，こんな質問をしがちなのなら，以下の話はあなたのために書かれたものではない——ここに和訳して，しかもヴェネツィアの当該の古刊本からのファクシミリで飾ったり，フランチェスコ・コロンナが生きかつ書いたトレヴィーゾの神学校のフレスコ画の壁からの絵を掲載したりしたのは，何もあなたのためなのではないことを思い出されたい。むしろ本書はイタリア・ルネサンス期の生活に関して空想しながら熟考したり，世界の著名な書物の一冊の執筆の背後にあったかも知れない，考えられるロマンスを想像力の眼を通してちらりと眺めることを好む人びとのために書かれたのである。これは夢に依拠されることを主意とする本についての幻想物語にほかならないし，それ自体「夢が下敷きにしているような素材」で織られている。真実ではないにしろ，たいそうよく着想されているのだ (Se non é vero, é molto ben trovato)。

　このような空想的著作の作者は，当然の権利から，自己の目的のために事実を改変している。ジャンヌ・ダルクはシラーが描いたように戦場で死んだのではなくて，ルーアンで魔女としてイギリス人により焼かれたのだ。ウィリアム・テルは生きたことがなかったし，またシラーが彼について作り上げた戯曲におけるスイスの解放は，たんに旧い伝説に依拠したものである。エグモントは幼いクララを愛したりは決してしなかったのだが，夫としては模範で，しかも十一人の子供の得意げな父親だった。ドン・カルロスはシラーが描いたような勇ましい若者ではなくて，実は臆病者だった。史劇や歴史を扱うフィクションは史料としては使えないが，それでもそれらはわれわれ自身の想像力やわれわれ自身の人格の発展および教養に向けてのわれわれの努力においては，価値を有している。詩人や小説家の主たる義務は，彼らの創作や彼ら自身の心の内面生活をわれわれに示すことにある。彼らは歴史の解釈をわれわれに提供するのではなくて，世界を動かす

シオドーア・ウェズリー・コッチ序文

諸力をわれわれに示そうとしているのだ。詩人や小説家はより美しい世界へのわれわれの憧れを満足させてくれる。彼らが描くのは，もっとも美しい城，もっとも絶妙な女性たち，もっとも英雄的な男性たちなのだ。

T・W・K

（イリノイ州エヴァストン，ノースウェスタン大学図書館司書）

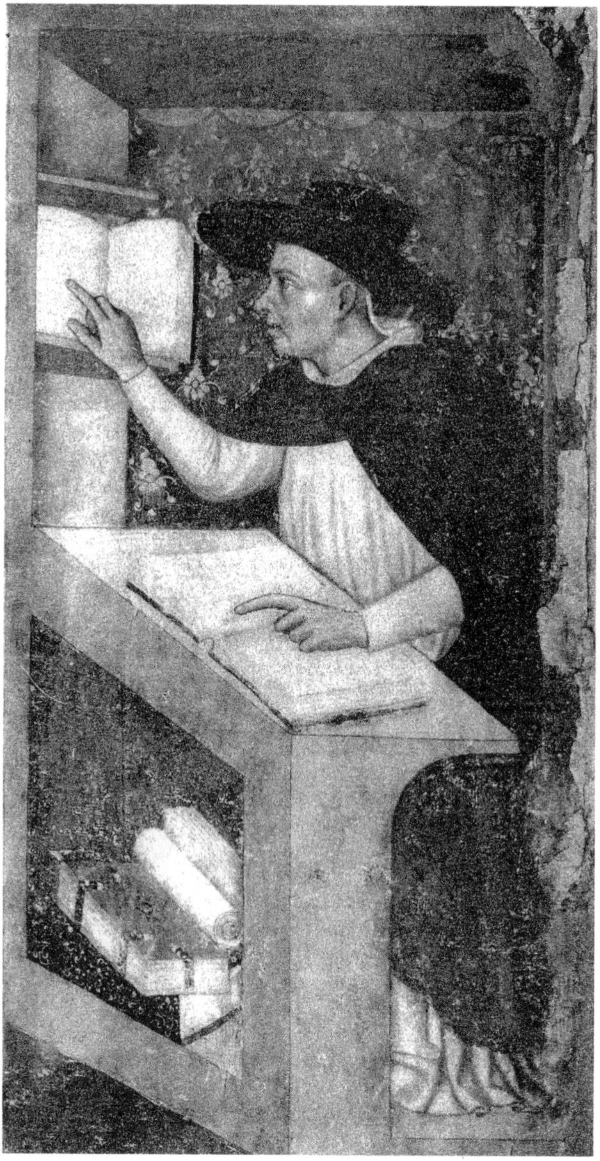

シャルル・ノディエ作

フランチェスコ・コロンナ『愛の戦いの夢』物語

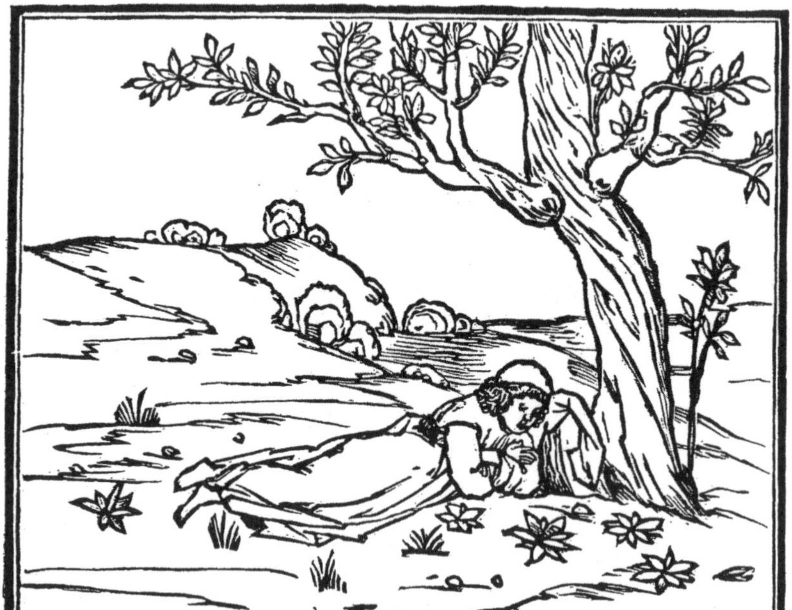

シャルル・ノディエ作　フランチェスコ・コロンナ『愛の戦いの夢』物語

あなた方はきっと私たちの友人ロヴリック神父を憶えておられることでしょう。ラグーザ，スポレート，ウィーン，ミュンヘン，ピサ，ボローニャ，ローザンヌで出会ったから。優秀な人物で，知識は豊富なのだが，彼の知っているたくさんのことは，一般人なら神父みたいに知ったとしても喜んで忘れてしまうでしょう。たとえば，無価値な本の印刷屋の名前とか，愚か者の生年とか，同種のつまらぬこまごましたがらくたの山なぞは。ロヴリック神父*の名誉になっているのは，クニックナッキウスという本名を発見したことで，この人物はスタルキウスと呼ばれてきたのです。といっても，それはコルマンヌスの学位論文『カブト虫の儀式と教義について』(De ritibus et doctrina scarabœorum) に関して十一音節の素晴らしい詩を八句詠んだポリュカルプス・スタルキウスのことではなくて，蚤に関して十一音節詩を三十二句詠んだマルティヌス・スタルキウスのことなのです。ロヴリック神父はこのことのほかにも，名前を知られて愛されるに値します。彼には知恵，感情と，奉仕したいとい

---

*　A・フォルティスの『ダルマツィア紀行』(1774) への注解 (1776) をしたジョヴァンニ・ロヴリック (？-1777) を借用している。

シャルル・ノディエ作　フランチェスコ・コロンナ『愛の戦いの夢』物語

う活発で真剣な欲求があります。しかもこういう貴重な性質に加えて，生き生きとした特異な想像力もあり，会話が伝記とか書誌の細部に入り込まぬ限りは，会話に多くの魅力を授けています。私もこの分野では一肌脱いできましたし，ヨーロッパ一円を旅行中にロヴリック神父に出くわすときには，遠くで彼を見かけるや否や，私はすぐ彼のところに駆けつけます。そういう出会いの機会があったのは，三か月以前のことに過ぎないのです。

　私はトレヴィーゾの二塔ホテルに前夜到着していたのですが，そこに着いたのが遅くて，いまだ町に足を踏み込んではいませんでした。朝方，階段を降りていくと，前方に，どの方向から眺めても際だった人相をした，老人の一人を見かけたのです。ほかにはありそうもない帽子が，ほかには見たこともないように頭に置かれていました。赤と緑の入り混じったネクタイが紐みたいに結ばれており，それが左側の上着の襟を優に四インチもはみ出し，右側では同じ寸法だけ隠れていたのです。ズボンはというと，その片脚はぞんざいに吊り下がっており，もう片脚はブーツの反対側の上に滑稽にも胸当てみたいに丸味を帯びていたのです。しかも最後に，途方もなく大きな書類鞄。この切り離せない鞄には夥しい数の書名や，たくさんのメモや，たくさんの計画や，たくさんのスケッチや，学者には極めて重要な

シャルル・ノディエ作　フランチェスコ・コロンナ『愛の戦いの夢』物語

がら，屑屋なら決して回収しそうもない宝が詰まっていました。もう間違えようはありませんでした。ロヴリックだったのです。

「ロヴリック！」私は叫びました。そして，私たち二人はお互いの腕の中に抱き合ったのです。

「あんたの行き先は分かっている」と，彼は親友の言葉をちょっと互いにやりとりした後で言うのでした。そして，彼も私同様に着いたばかりだと分かったとき，彼は言ったんです，「あんたはどこか本屋の住所を訊いたんだな。すると，エスクラヴォン街に出店しているアポストロ・カポドゥーロを教えられたんだ。僕もそこへ行くつもりだ。でも希望は抱いていない。ここ十年に二回あの店を訪れたんだが，キアリ神父＊の小説より古い本はまったく見当たらなかった。古書店は消えて，死滅寸前みたいに，無に帰している。野蛮な時代になったもんだ。でも，あんたは何か，格別にあの男に尋ねものでもあるのかね？」

「打ち明けると」と私は答えました。「北イタリアを離れるときに『ポリフィーロの夢』を手にしていなくては困るからね。たいそう珍しいものだって聞いているし，どこかにあるなら，トレヴィーゾで見つかるはずだって言われて

＊　ピエトロ（1711-1785）。イエズス会士。『文学選集』（1749-52）等。

シャルル・ノディエ作　フランチェスコ・コロンナ『愛の戦いの夢』物語

いるしね」。

「どこかで見つかるならというのは、慎重な条件設定だね」と、彼は叫びました。「なにせ『ポリフィーロの夢』、いやもっと正確に言うと、フランチェスコ・コロンナ修道士の『ヒュプネロトマキア（愛の戦いの夢）』という書物は、昔の書誌学者たちが《白いからすより珍しい》という決まり文句で呼んでいるものなんだからね。僕が言えることは、この白いからすがどこかの鳥籠に見つかるのは疑いないにしろ、確かにそれはアポストロの鳥籠じゃないということさ。男の面目にかけて、あの大アルドの霊にかけて（彼に永遠の名誉が授けられんことを！）ここで誓っていいと思うのだが、あの頭のおかしなアポストロがあんたに『ヒュプネロトマキア』の一冊を、まさに1499年の年号のあるやつを——第二版じゃ並の本同然なんだから——提供することに成功するなら、僕が自分の財布をはたいてあんたにプレゼントしてやりたいもんだよ。こんな鷹揚な行為で財布が少なからず軽くなるだろうけれど」。

ちょうどそのとき、私たちはアポストロの店に入ったのです。アポストロは一枚の表の上にペンを止めたまま、深く考え込んでいるようでした。でもとうとう、私たちが居ることに気づき、敬虔なロヴリックの忘れ難い顔を認めて喜んだみたいでした。

シャルル・ノディエ作　フランチェスコ・コロンナ『愛の戦いの夢』物語

「おや親愛なる神父さま」といいながら、ロヴリックを抱擁するのでした。「この生涯で最大の悲劇極まる難事から私を救い出しに神父さまを主が遣わされたのか知ら？ご存知のはずですが、私は数か月以来『アドリア海文芸誌』を発行しておりまして、これは世間の人びと全員が認めているとおり、ヨーロッパの雑誌の中でももっとも学術的で気のきいたものなのです。ところが、この独創的な学術誌は世の称賛を呼び私の財産を再建させるはずなのに、明日には姿を消すという危険に瀕しているのです。それは六段の文学的補遺を欠いているためなのです。私は研究と商売で疲れ切りながらも、この想像力からそれを捻り出そうとしても駄目なのです。きっと邪悪な精霊が私の破滅を謀って、私の編集室を混乱させたのに違いありません。私に道徳教育論を寄稿してくれた若い詩の女神(ミューズ)は出産の床に就いていますし、まったく斬新な声楽曲(カンタータ)を今朝私に提出するはずだった即興詩人は、もう一週間なくては仕上げられないと伝えていますし、また財政や経済学の諸問題で私たちのために論じてくれている造詣の深い会計士は昨日、借金で投獄されてしまいました。ですから、ねえ神父さま、後生ですから、私が一晩中血と涙の汗をかいても頭から一行も絞り出せなかったこのテーブルにお座りになり、五、六ページをでっち上げてくださいませ。二、三回しか使われない

シャルル・ノディエ作　フランチェスコ・コロンナ『愛の戦いの夢』物語

ような知篇でもよろしいですから。」

「いいとも」とロヴリック神父が答えました。「儂らの用事をすませたら、じっくりとあんたの用をはたそう。このパリからの友と儂がノルウェーの奥地からあんたの所へやって来たのは、怠け者に即興詩人の欠けているカンタータの穴を埋めるとか、文学的補遺を捻り出すためにじゃなくて、わざわざ旅の出費をかけるだけの値打ちのある書物を何か見つけるためなのさ。立派な証明書つきの初版本──保存状態のよい、きちんと年号の入った15世紀の古刊本──、イギリスやフランスの製本屋が余白を残しておいてくれた貴重なアルドゥス版をね。そんなものがあれば、それから始めよう。ほかのことは後回しにしよう。補遺なぞはすぐにできるんだから」。

「ご随意に」とアポストロが答えました。「なおさらけっこうです、そんなご点検にはたいして手間取りはしますまいからね。神父さまのような玄人の方にゆだねられる値打ちのあるものが一冊だけございます。しかも豪華本で」と言いながら、見映えのよいフォリオ版を三重の封筒から取り出しにかかりました……。「豪華本です」と彼は包装紙の牢獄からすっかり取り出したとき、なおも厳かに続けたのです。「豪華本ですよ、ほら、このとおり……！」それからそれをロヴリック神父に差し出しながら、確信とプラ

シャルル・ノディエ作　フランチェスコ・コロンナ『愛の戦いの夢』物語

イドに満ちた目なざしで神父をじっと凝視するのでした。
　「ちくしょう！」とロヴリックはその未知の宝をいつものように、一瞥であらためてから、呟きました。それから私のほうを振り返ったのですが、もう一瞬前の彼とはすっかり別人でした。両腕はだらりとして、目つきはがっかりし、額は蒼ざめていました。「ちくしょう！」とフランス語で不平をぶちまけるのでした。その声はほとんど聞きとれず、私にしか聞こえないようなものでした。「これはここで見つかったらあんたに与えると約束した、あのいまいましい本、『ポリフィーロ』の初版本だ……──裏切りものだわい──しかも誓っていうが、まるで印刷されて出てきたばかりみたいに美しい！　儂のために用意された運命の痛打だわい！」
　「落ち着いて」と私は笑いながら答えました。「あんたの思っているよりもたぶん安値で買えるでしょうよ」。
　「それで、アポストロ親方、この珍品はいったいいくらかい？」
　「いやはや！」とアポストロは言うのでした。「時勢は厳しいし、お金もほとんどありません。以前なら、ウジェーヌ王子に50金貨、アブランティス侯爵に60金貨、イギリス人には100金貨を請求したでしょうが、今日日じゃミラノのみじめなリーヴル貨で400、フランス・フランでぴたり

シャルル・ノディエ作　フランチェスコ・コロンナ『愛の戦いの夢』物語

400にまけなくちゃなりません。これ以下にはびた一文も2クァランターニもまかりはいたしません！」

「あんたの本を400匹の腹ぺこの鼠が最初から最後まで囓るがよいわ！」とロヴリックが腹立ちまぎれに口をはさみました。「こんな粗末な古本に400リーヴル貨を要求したのを見た悪魔がかつていたろうか？」

「粗末な古本ですと！」とアポストロはほとんどロヴリックに劣らぬほど興奮気味に，気勢をあげて答えました……。「1467年の初版本ですぞ，トレヴィーゾで最初の，たぶんイタリアでも最初の刊本ですよ。印刷術と版画の傑作です。挿絵はラファエロによるとしか考えられません。素敵な作品ですが，その作者は学者たちのあらゆる研究にもかかわらず，今日まで未知のままになっている人です。無類というか，ほとんど無類の作品で，神父さま，あなたご自身もこんな作品があるのをたぶんご存じなかったことでしょう！これを粗末な古本と呼んで悦に入られるとは！」

ロヴリックはこの烈しい長広舌の間に静まっていきました。彼は落ち着いて着席してから，帽子を本屋のテーブルの上に置き，そして，長くきつい努力に疲れ果てた人がほっと一休みするのに好適な場所を見つけたかのように，額の汗をぬぐったのです。

「アポストロ，話は終えたかい？」とロヴリックは静か

シャルル・ノディエ作　フランチェスコ・コロンナ『愛の戦いの夢』物語

な口調で言ったのですが，そこには何やら意地悪い満足が入り込んでいたのです。「あんたの評判とあんた自身の利益のためにも，そう望むよ。でも，あんたが口にした四つの言葉で，四つの大きなしくじりを放出させたんだ。で，あんたが少しでも続けたいというのならだが，一日あっても誤りを一つずつ反復するには足りないだろうよ。そうしたら，儂があんたに不可欠な文芸欄を書く時間を残さないことになるだろう。まず第一の愚かな陳述，つまり，ここにある本が1467年に印刷されたトレヴィーゾ版だというのは本当じゃない。なにしろ，これは1499年に印刷されたヴェネツィア版なのだからね。しかもそれの最後の一枚は取り除かれていて，年代に関してあんたを欺かせる結果になった。儂はこの欠落には用心しなかったんだが，あんたの本の価値はこれで半額以下に下がることになる。あんたは幸運なことに，儂はその欠落を元どおりにしてやれる立場にある。というのもたまたま他日，この貴重な一枚が包み紙にまぎれ込んだまま儂の手に入り，何かの機会のためにと思って入念に保管しておいたからなのさ。その機会にこんなに早く出くわすとは思わなかったよ。その一枚をいくらであんたに譲れるか，ただちに相談することにしようぜ」。
　ロヴリック神父はこう言いながら，その欠落している一枚の紙葉を紙ばさみから取り出して，注意深く本に当てが

シャルル・ノディエ作　フランチェスコ・コロンナ『愛の戦いの夢』物語

いました。「その紙葉は私の本にぴたり合いますね」とアポストロが言いました。「こうなると，これがこの本の性質を多少変えることに同意せざるを得ません。いったい全体，この本がトレヴィーゾの初版本だとどこで読み替えてしまったんだろう？」

「そんなことは無視しよう」とロヴリックは言うのでした。「まだ終わっていない。第二のへまだ。その本の絵がラファエロのものと認められるなんて嘘っぱちだぞ。その出版が1467年に遡ろうと，あんたも証明したとおり，1499年まで印刷されなかったにせよ，ラファエロがウルビーノで1483年に生まれたのは誰も疑っていない——つまり，原稿の仕上がりは事実上1467年に遡るのだから，ラファエロの生年はその十六年後ということだ。この崇高な画家をどれほど賛美している者たちでも，彼が誕生の十六年前にこれほど正確に，これほど優美に描いたなぞと推定できはしまい。そうなると，別のラファエロがこういう素晴らしい仕事をやり遂げたわけだが，ねえ，アポストロ，その男を僕だけが知っているんだ。ちょっと待っておくれ，僕が挙げたのはまだ二つのへまだけなんだから」。

「第三のへま，それはこの本の著者が今日まですべての学者に未知のままになっているというのは正しくないという点だ。それどころか，どんな学者でもこれがフランチェ

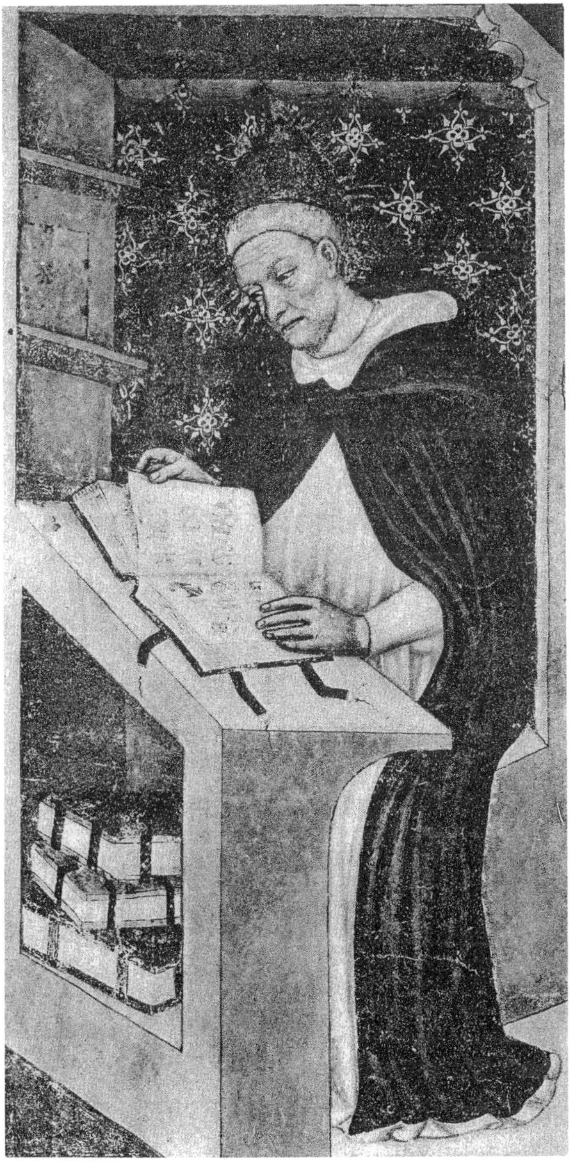

シャルル・ノディエ作　フランチェスコ・コロンナ『愛の戦いの夢』物語

スコ・コロンナ，またはコルムナという，トレヴィーゾの修道院のドミニコ会士で，同所で1497年に亡くなった人の作品だということを知っているし，無学な大勢の者でも知らずにはいないんだよ。とはいえ，間抜けな伝記作者によっては，彼とほとんど同名で，彼より60年ほど長生きした博学な医者フランチェスコ・ディ・コロニアと混同されてきたんだが。二人ともあんたの店から数歩の所に葬られている。ねえ，アポストロ，これだけあんたに語った後じゃ，あんたの犯した四つ目のエラーをわざわざ証明せずにすませるだろう。これは前の三つよりはるかに重大な間違いだ。あんたの素晴らしい古本の存在を儂が知らないなんて推測しているんだもの。知らぬどころか，中身を暗記していることを証明したいところだが，なぜだかその気にはならぬわ。」

「その点は最初から異議があります」とアポストロは即座に答えるのでした。「だって，実に奇妙な言葉で書かれているものですから，トレヴィーゾにしろ，ヴェネツィアにしろ，パドヴァにしろ，私の友だちの間で一人としてそれを一ページでも解読しにあえて取りかかろうという者はおりませんからね。ですから，神父さまがおっしゃるとおりに，暗記しておられるのでしたら，ただで差し上げることに同意します。しかも，素晴らしい示唆を頂戴したから

シャルル・ノディエ作　フランチェスコ・コロンナ『愛の戦いの夢』物語

にはそんな犠牲は喜んでさせてもらいましょう。なにせ私はご存じのとおりの誤った観点から，私の『アドリア海文芸誌』にこの本のことを発表する寸前だったものですから。そんなことをしたら，私が書籍商として享受している高い名声を永久に失墜させてしまうに十分だったでしょう」。

「あんた自身で語ったのは」とロヴリック神父が答えるのでした。「この作家のたいそう奇妙な文体と，この作家を解釈しようと試みた夥しい学者たちの無駄な努力についてだった。このことでも十分に証明しているとおり，あんたが僕に求めている退屈で耐え難い検証は，さらにまる一日をつぶさせることになろうよ。それに，僕が『ヒュプネロトマキア』をアルファからオメガまで詳述している間に，あんたの文芸欄はいったいどうなるというのかい？　ただし，あまり決定的ではないが，はるかに手早くてはるかに安直な検証でもあんたが満足するつもりなら，あんたの挑戦を受けるよ。あんたの本の章の数たるやあまりに多くて，忍耐心を疲れさせるに決まっているけれど，冒頭の文字を全部順番にあんたに示すことは約束するよ。見たところ，あんたも自分の指でなぞったらしい第一章から始めながらね」。

「おっしゃるとおりにしましょう」とアポストロが応じました。「それで，第一章の最初の文字ですが……」

39

シャルル・ノディエ作　フランチェスコ・コロンナ『愛の戦いの夢』物語

　「Ｐだよ」とロヴリック。「第二章を捜してごらんよ」。表は長かったのですが、神父は延々とやり抜いて、第三十八番目の、最後の章まで、少しもまごつくことなく、一つも間違わずに到達したのでした。

　「二十四文字のうちから一つの頭文字を当てるのなら——まぐれ当たりということもありうる。別に悪魔が割り込んでこなくとも」とアポストロは落胆していうのでした。「でも三十八回も続けざまにこんな離れ業を繰り返すとは、——私が欺されたに違いありません！　神父さま、この本をお受け取りになって、そんなものを今輪際話にしないでくださいな！」

　「この件で、あんたの罪のない率直さにつけ込むことは神が許さぬわ！」とロヴリックが答えました。「おお、愛書家の大天才よ！　今あんたが目にしたことは、生徒にも値しないちょっとした手品に過ぎん。こんなことは、あんたも僕本人と同様にすぐやれるだろうよ。いいかい、この本の作者は本人の名前も、職業も、恋の秘密も、三十八章の冒頭の文字に隠そうと思ったのさ。これらで一つの文章ができるのだけれど、その秘密をパリの『世界伝記辞典』(*Biographie universelle*) で調べたりしないように忠告しておくよ。そんなことをしたら、僕があんたに儲けさせたばかりの賭け金をあんたに失わせることになるだろうか

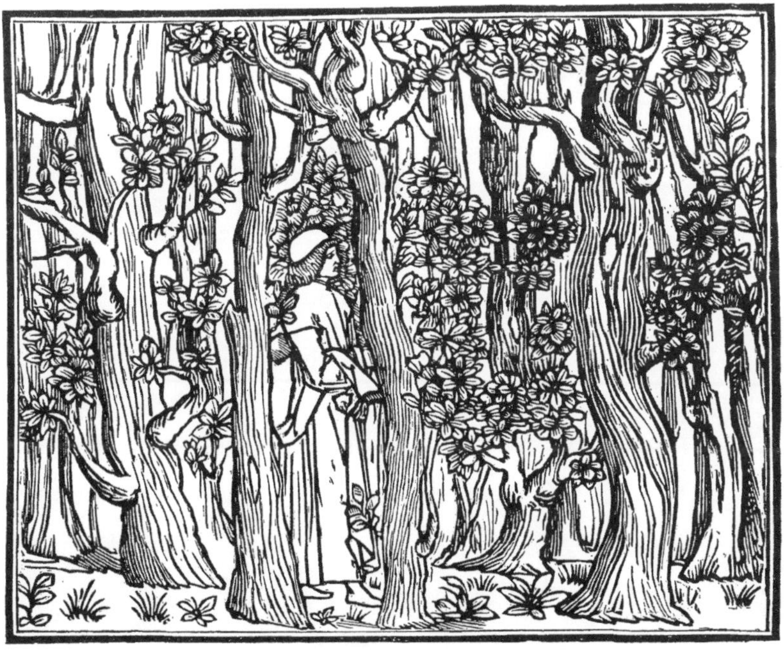

シャルル・ノディエ作　フランチェスコ・コロンナ『愛の戦いの夢』物語

らね。しかも，この単純で印象的な文章は憶えやすいんだ。Poliam frater Franciscus Columna peramavit.《修道士フランチェスコ・コロンナはポーリアを熱愛せり》と言っているんだ。今やあんたはベールやプロスペル・マルシャンと同じぐらいこの件については知っているってわけさ」。

「それは風変わりだわい」とアポストロは小声で言いました。「このドミニコ会士は恋に陥ったんだ。この中には一篇の小説があるんだ！」

「なぜいけないのかね？」とロヴリックが言い返しました。「さあ，今度はもう一度ペンを取って，文芸欄を調べ上げようじゃないか。あんたにはなしにはすまないんだからね」。

アポストロは椅子に安楽に座って，ペンをインキにつけ，以下のように書きつけました，表題を冒頭にこう掲げて（この表題から，私はあまりにも長く脱線してさまよってしまいましたが）。

FRANCISCUS COLUMNA,
NOUVLLE BIBLOGRAPHIQUE.

フランチェスコ・コロンナ
書誌的物語

コロンナ家はたしかに，ローマおよびイタリアでも，と

シャルル・ノディエ作　フランチェスコ・コロンナ『愛の戦いの夢』物語

もに著名な一家ですが，そのすべての分家が同じような繁栄を受けていたわけではありません。熱烈な皇帝党員(ギベリーニ)だったシャッラ・コロンナは，ボニファティウス八世*1をアニャーニに幽閉し，勝利に興奮のあまりに癲癇を起こし，この法王を殴りつけるに至りました。この乱暴の償いは，ヨハネス二十二世*2治下になって無慈悲に科されました。すなわち，彼は1328年，ローマから永久追放に処され，子供たちもともに貴族の地位を降格され，彼の全財産は法王党員(グェルフィ)を決して棄てなかった弟のステーファノ・コロンナのために押収されました。不運なシャッラの子孫は彼本人と同じように，ヴェネツィアで暗い悲惨なありさまに見まわれたのです。1444年には，夥しい不幸の後継人としては，同年の初めに生まれたフランチェスコ・コロンナただ一人だけになってしましました。彼は父親を出生の前夜に暗殺されており，また母親は彼を産むと同時に亡くなっていましたから，二重に孤児でした。フランチェスコはヤーコポ・ベッリーニという有名な歴史画家の慈悲により養子にされ，後者の子供たちの間で優しく育てられて，養父や有名な義兄のジョヴァンニ・ベッリーニとジェンティーレ・ベッリーニから受けた寛大な気配りにふさわしいことを身

---

*1　(1235頃-1303) 法王権の王権への優位を主張した。
*2　(1244頃-1334) 法王在位は1316-34年。

43

シャルル・ノディエ作　フランチェスコ・コロンナ『愛の戦いの夢』物語

をもって証明したのです。十八歳の始めには，彼は若きマンテーニャ*の早熟な勝利というごく最近の出来事を，絵画史において更新したのです。ジオットはもう一人の競争相手を持ったのでした。けれども，フランチェスコの生涯につきまとうことを止めなかった宿命は，彼の成功が名声を博することを許しませんでした。今日，彼の筆になる傑作も，マンテーニャの名や，ベッリーニ兄弟の名で賛美されているのです。

　しかも，絵画だけが彼の研究と情熱の排他的な対象であるわけでは断じてなかったのです。彼は地上での人間の滞在を飾り立てる諸芸術の中で，絵画に授けたのは二次的な重要性だけだったのです。反対に，建築は神々への記念碑——地上と天上との荘厳な仲介物——を建てるものであって，それは彼の思考の最大部分を占めていました。ただし，彼は空想による奇妙でしばしばグロテスクな気紛れである，当代芸術の巨大な創作から建築の法則や驚異を探し求めはしませんでした。彼によれば，そんなものには理性も趣味も表出されてはいなかったのです。フランチェスコはイタリアで芽生えだし始めていたルネサンス運動に引きずられていましたから，彼の信仰の面ではキリスト教が一新して

　　＊　アンドレーア (1431-1506)。イタリアの画家。

シャルル・ノディエ作　フランチェスコ・コロンナ『愛の戦いの夢』物語

いたこの近代世界にはもはや結びついてはいなかったのです。それ以上に，古典古代が彼の称賛と献身のすべてでしたし，彼の心の中では，宗教者の信仰と異教徒の美学との奇妙な連合が形成されていたのでした。彼はこういう没頭を推し進めた結果，近代言語そのもの——蛮人たちにより多かれ少なかれひどく崩されてしまっていましたが——のうちにも，田舎の方言しか見なくなってしまったのです。こんなものは生活上の具体的な必要の面で人に通訳として役立つだけにすぎず，思想・感情の雄弁な，あるいは詩的な翻訳の域にまで達することはなかったのです。結果，彼は自己用に，一種の親密な方言を編み出したのです。そこでは，イタリア語はいくつかの統語形式や，口当たりのよい若干の語尾のためにしか取り入れられませんでしたし，そればかりか，ホメロス一族とか，リウィウスやルカヌスに直接由来していたり，ボッカッチョとかペトラルカに由来したりするものでもありませんでした。この特異な性向は当時は，どう見ても，当世紀に大きな影響を及ぼすべく定められた，独特の素質と性格の目印でしたが，それはフランチェスコをほかの世間から遊離させてしまっていたのです。彼は一般には，自分の才能に幻滅し，日常生活の甘美さには無感覚な，陰気な幻視者で通っていました。とはいえ，彼の姿は有名なレオノーラ・ピザーニの宮殿で見か

シャルル・ノディエ作　フランチェスコ・コロンナ『愛の戦いの夢』物語

けられることもあったのです。このレオノーラはヴェネツィア公国中に知れ渡っていた巨万の財産——トレヴィーゾのポーリ家の最後の人の一人娘である，いとこポーリアの財産に次いで二番目——を，二十八歳で継承していました。ところで，レオノーラの家は当時，詩と芸術の聖域であり，しかもこのミューズの影響は当然ながら，当代のすべての才子を周囲に魅きつけていたのです。間もなく，フランチェスコもそこにより頻繁に姿を見せるようになりましたが，そのときは普段よりも夢に耽り，より悲しげだったのです。ところが彼の訪問は急に減少してしまい，ついには途絶えてしまったのでした。

　今しがた触れておいたポーリア・デイ・ポーリは当時，ピザーニ宮殿に滞在していました。この宮殿でレオノーラがカーニヴァルの狂気の数週間を過ごすことに決めていたからです。レオノーラ本人よりも八歳若くて，このいとこよりも美人のポーリアは名家の多くの若い少女たちと同じように，真面目で勉強に打ち込んでおりましたし，この学会の首都での滞在を彼女は活用していました。今日では女性にはすっかり馴染みがない学問を完成するためでしたが，こうした厳粛な熟考の習慣は，彼女の顔に高慢とも見間違われるような，冷たくて厳格な雰囲気を与えていました。それでも，このことで人びとはそれほど驚きもしませんで

46

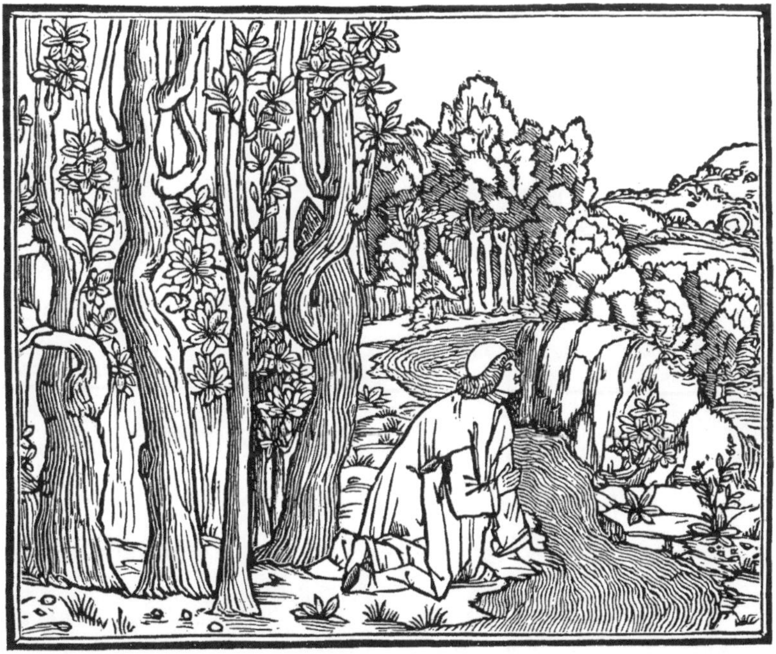

シャルル・ノディエ作　フランチェスコ・コロンナ『愛の戦いの夢』物語

した。なにしろ，ポーリアはレリアというローマ旧家の末裔でしたし，実はこのレリア家から生まれたため，彼女はトレヴィーゾの創建者レリウス・マウルスの血統を引いていたからです。彼女は横柄で高慢な父の目の下で育てられました。この父親は一族の光輝をたいそう誇りにしていましたから，娘をイタリアで最高の王子と結婚させても不釣り合いと見なしたことでしょう。しかも，彼女がいつか自由にするであろう財産が，一女王の持参金にも十分なものたりうることは周知だったのです。それなのに，彼女はフランチェスコとの最初の出会いで，ほとんど情熱的なぐらいの歓迎の仕草を彼に示したのでした。けれども，彼女は（軽悔とは言わぬまでも）厳格さにまで行き着くほどの慎み深さを命じられているかに見えました。そして，彼が突然ピザーニ宮殿に姿を見せるのを控えたときには，彼女はもはや彼には関心がなくなっていたのでした。

　1466年2月のことでした。この美しい地方ではよく先走って訪れる春が，そのあらゆる魅力で田園地方をいっぱいにし始めていました。ポーリアはトレヴィーゾに戻る準備をしており，いとこは彼女のヴェネツィア滞在をより楽しくして，彼女にはより去りがたくすることができるような，さまざまな饗宴を彼女の周囲に倍加したのでした。ある一日は，大運河と広くて深い入江——この都市の女王〔ヴェ

48

シャルル・ノディエ作　フランチェスコ・コロンナ『愛の戦いの夢』物語

ネツィア〕と淋しい海水浴地リドとを切り離しています——とをゴンドラで渡る旅のために取っておかれたりしました。フランチェスコもレオノーラ・ピザーニの招待では忘れられることはありませんでした。彼が彼女から受け取った手紙には，彼が長らく欠席していることへの友情にあふれた哀切な非難が封入されていたために，彼は断る可能性のことが思いつきませんでした。しかも先にも述べましたように，ポーリアが出発の直前でしたし，容易に信じられるように，フランチェスコとしても，いつも冷たく迎えられたにもかかわらず，もう一度彼女に会いたかったのです。なにしろ，彼らの関係にあまりに急激に生じた極端な変化のことを考えていて，彼はこの気まぐれな変化には憎しみとは別の動機があるのだと納得する結果になったからです。ゴンドラが離れようとしていたときには，彼はみんなが落ち合う場所になっていたピザーニ宮殿の階段に来ていました。貴婦人たちはみな一様にドミノの衣服と目隠しの仮面を着用して，あらかじめ決められていた合図で，一斉に玄関から出てきて，仮面が許す礼儀正しい無遠慮をもって，慣習どおり，好みの伴侶を旅の道連れにするのでした。この方法はその後の舞踏会や集会で行われたものよりもずっと優雅でよく了解されていましたから，それが招いた不都合な点もはるかに軽微だったのです。女性というものは，

シャルル・ノディエ作　フランチェスコ・コロンナ『愛の戦いの夢』物語

信望を守ることが自身に任されたときほど，それに注意深くなることはありません。さて，フランチェスコはじっと身動きもしないで，目を伏せたまま，誰かが自分に注目してくれるまで待っていました。——そのときです，手袋をはめた美しい手が，彼の腕の上に支えてもらうために伸びてきたのです。彼はその見知らぬ貴婦人を慎しい敬意の込もった熱心さで迎え入れ，二人を受け入れようとしているゴンドラへと案内したのでした。一瞬の後，優美な船団は運河の静かで滑らかな表面をオールのリズミカルな音に合わせて漕ぎ出されたのです。

　フランチェスコの左手に座った貴婦人は，話す前に，何か不如意な感動を制御し克服する必要があったかのように，しばらく押し黙ったままでした。それから，彼女は仮面の紐をほどいて，肩にそれを投げかけてから，フランチェスコに視線を向けました。それは，自意識が崇高な魂にひとりでに授ける，甘美で真剣な確信の目差しでした。ポーリアでした。フランチェスコは震え，素早い戦慄が血管中を流れ去るのを感じました。こんなことを何も予期してはいなかったからです。そこで，彼は頭を垂れ，手で目を覆いました。ポーリアをこんなに間近で眺めると一種の冒瀆になりはすまいかと恐れたのです。

　「こんな仮面は無用ですわ」とポーリアが言いました。

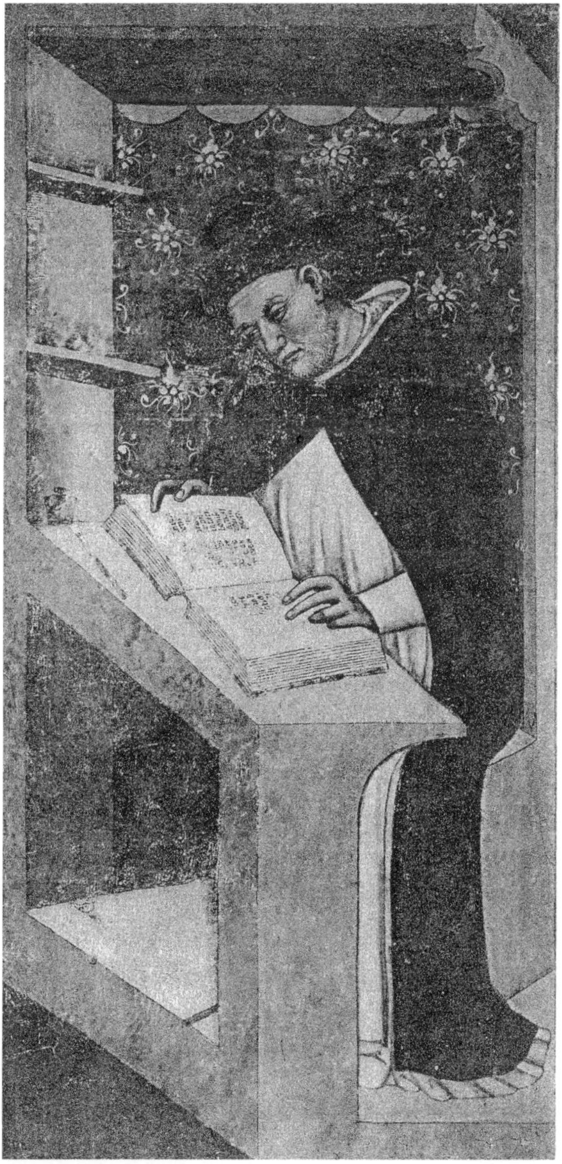

シャルル・ノディエ作　フランチェスコ・コロンナ『愛の戦いの夢』物語

「仮面を着用し続けるのを私に認めている慣習から利益を得る理由なぞ，私にはありませんもの。友情には仮面は不要ですし，その感情はあまりにも純粋ですから，これを表に出したとて赤面することもありません。フランチェスコさん，驚かないでください」と彼女はしばらく沈黙の後で，続けるのでした。「友情をあなたに疑わせる余地を与えかねなかったときに幾日も厳しく感情を抑え続けてきてから，それをあなたにお話するのを聞かされたりしても驚かないでくださいな。女性というものは特別な礼儀作法に服従しているのです。大勢の人の目があるために，どんなに正当な思いでもこの作法を棄てることが許されないのです，それに，感じてもいないような胸の内の無関心を適度に装うこと以上に難しいことはありません。今日，私はヴェネツィアを離れるつもりです。でも，私があなたのごく近くに住むように定められていたとしても，もう二度とお互いにお会いすることはおそらくないでしょう。これから後は，思い出のそれ以外にはもう私たちの間の意思伝達は不可能です。ですから，あなたに私について誤った考えを残したまま，しかもあなたについての心配で苦しい考えを抱いたまま，お別れする気にはなれなかったのです。そんなことをすれば，私の生涯の安らぎがかき乱されることでしょうし。第一のことについては，あなたになされるべきと信じ

シャルル・ノディエ作　フランチェスコ・コロンナ『愛の戦いの夢』物語

ている説明をすでにいたしました。第二のことについては，きっとあなたも私に負うているはずの秘密の打ち明け話をして，私を安心させてくださるだろうと心底から期待しています。ご心配には及びません，フランチェスコさん。私の質問が適切かどうかを判断なさるのはあなたご自身だけなのですから」。

　しばらくしてから，フランチェスコはうつ向き加減の目を開きました。思い切ってポーリアを見つめました。格別の注意を払って，自分の言葉を選んで口にしたのです。「ああ，シニョーラ！」と叫びました。「神かけて，私の心にはあなたに属さない秘密は一つもありません」。

　「いや，あなたの心には秘密が一つありますわ」とポーリアが答えました。「あなたの友だちを苦しめている秘密，あなたを一番愛している人たちの幾人かは探りたくなるような秘密が。あなたは幸せな未来を約束するあらゆる特典に恵まれ，青春，才能，知識，それに名声もすでに獲得されておられるのに，謎の悲しい物思いに耽っていらっしゃる。あなたは謎の心配で憔悴し，あなたの名声を築いているお仕事も無視し，あなたを探しているのに，世間から逃亡し，ほとんど分け入れない孤独な生活のうちに，ありあまる成功が飾るはずの日々を隠していらっしゃる。実際，漏れ伝わる噂によりますと，あなたは俗世とすっかり縁を

53

シャルル・ノディエ作　フランチェスコ・コロンナ『愛の戦いの夢』物語

切り，修道院に閉じこもろうとなさっているとか。今お話ししたことは本当なのですか？」

　フランチェスコは千々の感情に乱れたように見えました。正気を取り戻すのに数刻が必要でした。「そうなのです。シニョーラ」と彼は答えるのでした。「そのとおりなのです。少なくとも今朝はすべてそのとおりでした。ところがそれから予期せぬ事件が振りかかり，私の考えの流れを変えてしまい，この決意はもう変わることはありません。私は修道院に入ります。この誓いは取り消せません。しかし今では，慰めと喜びに満ちた心でそこに入ります。なにしろ私の生存は完璧ですし，私に羨ましがらせるほど幸せな運命をほかに地上で思い描けませんから。私は人目につかず貧しく生まれたのですが，この運命よりは強かったものですから，自分の不幸を，心が投げ込まれた広大な虚無でしか測ってはこなかったのです。この虚無もこの上なく楽しい希望の数々で満たされているのです。どうか私のことを憶えておいてくださいませ！」

　ポーリアは彼を優しく見つめました。「私としてはもちろん」と彼女は言うのでした。「あなたのお言葉に，たんなる空想の遊びや儀礼のへつらった態度の一つだけを見たくはありません。世人ならそんなものでも友情に十分報いられると思っていますけど。私には冷たい人びとのそんな

シャルル・ノディエ作　フランチェスコ・コロンナ『愛の戦いの夢』物語

　わざとらしい言葉は私たちの間ではふさわしくないように思います。ですから，私が思うのに，あなたのご決心とかを除けば，おっしゃったことのいくつかは分かりだしてきたようです。でも」と微笑しながら，彼女は付け加えたのです。「十分には分かりませんわ」。

　「そのうちにもっとよくお分かりになりますよ」とフランチェスコは勇気づけられて答えるのでした。「これからすべてをお伝えしますから。でも，言葉が混乱したり動揺したりしてもお許しください。なにせ生涯のあらゆる出来事でも，これはもっとも思いがけないことなものですから。

　私が生まれたときの奇妙な状況——両親もなく，保護者もなく，ほとんど友だちもなく，高名も独立した財産も奪われていました——これだけでも，私の生まれつきの鬱病はきっと十分に説明がつくでしょう。揺り籠から始まり，生涯を通じてつきまとう不幸の物語，そんなものを自分自身にするのは，残酷な告白というものです。けれども，こういう考えは，私が気づき得た考えのうちで最初のものなのです。私は自分自身について一瞬考える前に，感謝という物質的な負債を支払わねばなりませんでした。そして，私がそうすることに成功したことは申し上げるまでもありません。そのときから，私の勇気は強まりました。永久に消え失せてしまった威厳や富のことを，私はほとんど後悔

シャルル・ノディエ作　フランチェスコ・コロンナ『愛の戦いの夢』物語

したりはしませんでした。私はその先を行ったのです。私は子供っぽい誇りから，自分の名声はすべて自分自身にかかっていること，そして私を拒絶した家族に私の拒否された名前の名声をいつか羨ましくさせてやれることを，ときどき自身で感謝もしたのです。そんなのは，無経験と虚栄心による幻想です。ある日のこと，すべてを破壊することになりましたし，自分の不幸と無価値を自分で想起せざるを得なくなったのです」。

「ああ，何たることか」とフランチェスコは続けました。「これこそ，あなたのたいそう親切な好奇心が入り込みたいという欲求を示されている秘密なのです。この秘密を，理性は私に対して，自分の胸の中に隠しておくよう掟として課しているのですが。でも，病んだ心のこんな悲しくて深い秘密をどうして私はあえてあなたに告白したりするのでしょう？　哲学や知恵はそれを精神の少年らしい病気とみなしていますし，あなたの高邁な性格はあなたをそんなものよりはるか高くに置いておられますから，そんなものには憐憫以外の感情をおかけにはなりますまい。私は恋しているのです，シニョーラ！……」

ここでフランチェスコはしばらく口をつぐみました。でも，ポーリアの視線に元気づけられて次のように続けたのでした。

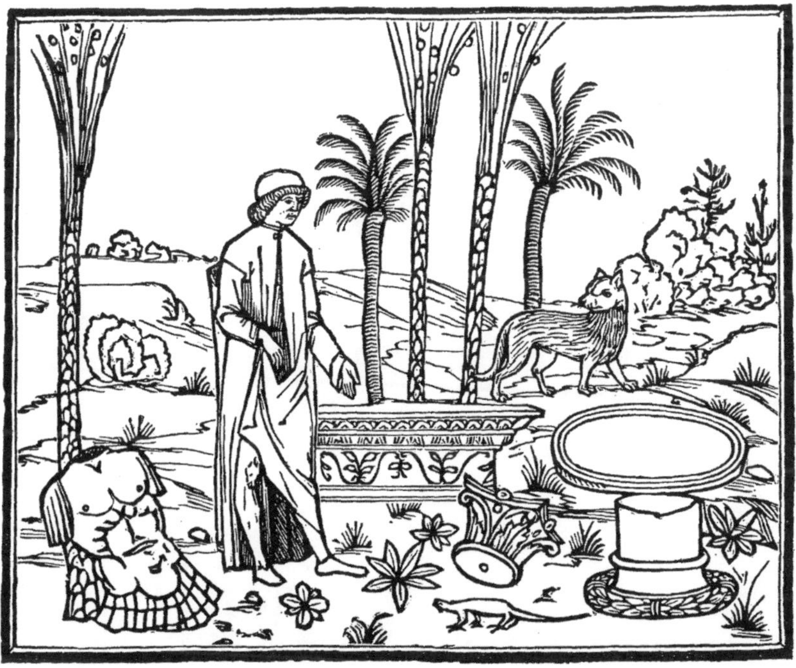

シャルル・ノディエ作　フランチェスコ・コロンナ『愛の戦いの夢』物語

「私は恋のことを思ったこともなしに，自分の突飛な情熱の成り行きを評価することなく，それが将来にもたらすことを恐れもしないで，恋に陥ってしまったのです。なにしろ，私は現在の印象の中ですっかり生きてきたからです。私が恋した女性は，そのまとっている稀な性質を取り上げて世間中に向けて描写したくなるような方でした。天が地上にそんな性質を委ねたのは，ただ私たちが失った条件の筆舌に尽くせぬ幸福を私たちに思い起こさせるためのように思われます。その方がすべての貴族の中でも高貴であること，すべての金持ちの中でも金持ちであることを考えもしないで，シニョーラ，私は彼女に恋してしまいました。私自身は貧乏なフランチェスコ・コロンナであり，ベッリーニの無名の弟子であること，全力を尽くした幸せな仕事でも不毛な評判しか決して自分を導きはしないだろうことを考えもしなかったのです。人の目を暗ませ，盲目にし，殺してしまうこの情熱の結果とは，そういうものなのです。反省してわが身を振り返っても，はっとひとみを凝らし，絶望の苦笑をしながら詮索してみても，もはや自分の足跡を追跡する余地はありませんでした。私は途方に暮れました。」

「不幸者たちの最初の思いは，死ぬことです。そういうことは自然であると同じく，容易でもあるのです。すべて

シャルル・ノディエ作　フランチェスコ・コロンナ『愛の戦いの夢』物語

の問題を断ち切ってくれるし，すべての迷いを癒やしてくれるからです。でも，こんな自棄(やけ)っぱちな死に方をすれば，よりよい世界で彼の女性に関して自分自身を責めざるを得なくなる日を早めてくれるどころか，私をその女性から永久に切り離してしまうかも知れないではないでしょうか？ こうしたまったく新しい考え方が，今にも突き刺そうとしていた私の腕を抑えつけたのです。私は自分から苦しまずにはおれぬという可能性を奪い取ろうとしている深刻な未来のことと，若干の日々を諦めるということとを天秤にかけてみたのです。私は二つの魂がそれらに重くのしかかっていた絆から解放されて，互いに検討し，認識し合い，永久に結ばれるような瞬間に到達するために，希望もなく，恐怖もなく，悲痛な生き方をすることに決めたのです。私は恋している女性を，私の全生涯の崇拝の対象にしたのです。私は彼女に対して，心の中に侵されざる祭壇をしつらえました。そして，そこに不死の生贄として私自身を捧げたのです。シニョーラ，私の克服しがたい悲しみの下での，この計画——いったんは食い止められたとはいえ——にはいくばくかの喜びも混じっているとお伝えしてもよろしいでしょうか？　私の理解では，やもめ暮らしに始まり，抱擁で終わる，こういう結婚のほうが，不幸な日々で終わる普通の結婚よりもたぶん好ましかろうと思ったのです。私

シャルル・ノディエ作　フランチェスコ・コロンナ『愛の戦いの夢』物語

は人びとの間で過ごすべく、自分に残っている年月を、死で永遠の幸福の栄誉を与えられるような長い徹夜の結婚式として以外にはもはや見なさなかったのです。私は厳しいながら、有頂天な心の枠内で心を落ち着けるために、世間から孤立する必要を感じたのです。そういう心は世間から離脱しても少しも苦しむことはありませんし、それだからこそ、私は修道院の誓約の義務を受け入れているのです。どうか神さまが被造物の弱さをお許し給わんことを！　三日後に私を神に捧げる誓約は、私の恋する人と永久に私に結びつけ、天国でしか彼女への権利を私に授けてくれないでしょう。シニョーラ、終わりにどうか繰り返すのをお許しください——寛大なご同情で私が忘れ去られはすまいという希望を抱かせてくださって以来、この計画の遂行でもう私に諦めの代価を払わせはしないのだということを。」

「三日後ですって！」とポーリアは叫びました……。「もちろん、私には時間があまりにも少なくて、今しがた打ち明けられた秘密については十分に考えられません。本当はご意見なり、とりわけご判断なりを抱かれることをあえて私は阻止したいのですけれど。でも私見では、あなたがそういうご決心をなさるに至った相手の女性が、私も少し前には存じ上げなかったように、その決心を知らないのでしたら、その方はそういう決心をかき立てるのに値しなかっ

シャルル・ノディエ作　フランチェスコ・コロンナ『愛の戦いの夢』物語

たのだと思いますわ」。

「その女性はそういう決心を知らないのです」とフランチェスコは続けました。「なにしろ，私が恋していることも知らないのですから。ああ！　その方が私の恋を知っており，そのことに全然無感覚ではなく，しかもせめてそれに憐憫の記憶を授けてくださるかも知れぬと考えられるとしたら，そこからきっと私の心は筆舌に尽きぬ慰めを受け取れたでしょうに！　恋のあらゆる苦しみの中でも，もっとも深刻なものはおそらく，恋されている相手から知られずにいることではないでしょうか。あらゆる感情のうちでも，見知らぬ人びとに対して覚える，鈍感な無関心こそは，おそらく，恋が恐れることのできるもっとも苦しいものではないでしょうか。でも，自分自身でもほとんど耐えがたいほどの悲しみを，幸せで平和な心の中にどうして投じたりする理由がありましょうか。私が想像しているとおりに，私の情熱は拒絶され，そしてそのときこの悲しい疑いが立証されてしまうことになるか，それとも，その情熱が共有されることになれば，そのときには私は二人分を苦しまねばならなくなるか，のいずれかでしょう。二人分を苦しむとは，いったい私は何を言わんとしているのでしょう？　私自身への絶望，それは私の人生そのものなのです。なにしろ，私は絶望を抱きながら生きるだけの力を見いだして

シャルル・ノディエ作　フランチェスコ・コロンナ『愛の戦いの夢』物語

きたのですから。でも，あの方が絶望したりしていたら，私は生きてはいなかったでしょう」。

「フランチェスコさん，あなたは推測をあまりにも遠くにやり過ぎていらっしゃるわ」とポーリアは素早く答えました。「その女性もあなたと同じ苦しみや同じ悩みを被っていないかどうか，誰が分かるでしょう？　あなたにそれを告げるこの瞬間を熱望していないかどうか，誰が分かるでしょう？　その人の名声にあなたが驚嘆されているという高貴で金持ちの少女，その魂があなたのものよりたぶん落ち着いている少女が，フランチェスコさん，自分から進んで，あなたに結婚を申し出てくるとしたら，もしも進んで，固い相当な力に服従させられて，あなたにそれを約束しにやってきたとしたら，あなたはどうおっしゃるつもりなの？」

「ポーリアさん，私がどう言うかですって？」とフランチェスコは冷静な威厳を保って問い返しました。「私としてはそれをお断りすることでしょう。私が恋している方を大胆にも愛するためには，ある点までは，その方に匹敵していなければなりませんし，それに私が不断の勉強を続けてきたのも，自分の魂を高めて，その方の魂により近づけるためだったのです。また，どんな権利があって，私に社会が拒否している高い地位の特権を私が受け入れたりしま

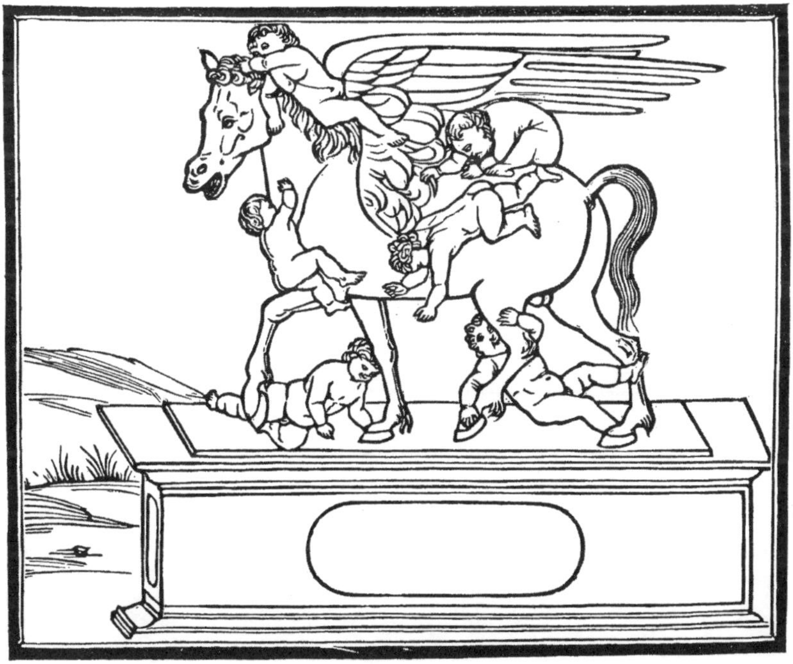

シャルル・ノディエ作　フランチェスコ・コロンナ『愛の戦いの夢』物語

しょうか？　どの面さげて，私が幸運の饗宴の席に列席したりしましょうか？　基本財産としては，無名と貧困しか持ち合わせていないこの私が。ああ！　野心家が世間から爪弾(つまはじ)きされていながら，色恋で金持ちになったのだ，なぞという恥ずかしい評判よりも，私を恐ろしい悲しみが焼き尽くすほうが，千倍も好ましいことか！」

「私はまだ話し終えていませんことよ」とポーリアが口を挟みました。「そんなためらいは取り越し苦労です。でも私にもそういうためらいは分かりますし，私も同じ思いです。この世間は成り立ちからして，奇妙な生贄を要求するものですし，しかもそういう特別な生贄はおそらく，あなたのご性格から要求されることになるのでしょう。ただし，あなたのと同じ性質の性格なら，別の種類の拒絶ででもそれに応えることだっておできになるでしょう。品位とか財産とかは，気紛れな偶然の出来事ですし，こんなものは人が欲するときには捨て去ることだってできます。芸術家や詩人はどこでも同じです。どこでも成功と栄光を手に入れます。ところが，海の支配力の反対側では，金持ちで肩書きのある女性でも，こうした虚しい生まれながらの特権の捨て方を知ってしまったなら，ただの女に過ぎません。さて，この女性があなたにこう言いにやって来たとします，《私の品位なぞ，放棄します。私の財産なぞ，捨て去りま

シャルル・ノディエ作　フランチェスコ・コロンナ『愛の戦いの夢』物語

す。さあ，私はもうあなたよりもいやしく貧乏になって，私の生涯のすべてを，唯一の支えであるあなたに手渡す覚悟です》と。そうしたら，フランチェスコさん，あなたは彼女にどうお答えになるつもりですか？」

「私はその方に跪いて，こうお答えするでしょう」とフランチェスコは言うのでした。「天から来られた天使さま，天があなたに授けられた地位と特典をお守りください。あなたは今のお姿のままであり続けなくてはなりません。そしてその不幸な男はあなたのこの優しくて崇高な，有頂天にさせるお心に引きずられるに任せることができるとしても，そのお心の中に一つの席を占めるには決して値しなかったでしょう。希望している男，とりわけ愛される男にはやりやすい，いつもの諦めによる以外には，あなたの高さにまで身を高めることがその男にはもうできないのです。神はゆえなくあなたを高い地位に就けられたわけではありません。なのに，その地位から引きずり降ろして，あなたご自身を貧窮で毒された不安定な生活の有為転変にさらさせたりするつもりは，この私にはありません。その貧窮は絶え間なく繰り返され，そしてきっといつかは癒しがたい後悔で毒されることでしょう。私の幸福は完璧です。それは私のすべての希望を凌駕しています。なにしろ，あなたはお名前があなたに強いているいろいろの義務から，あなた

シャルル・ノディエ作　フランチェスコ・コロンナ『愛の戦いの夢』物語

が手に入れられるようなすべてのものを私に授けてくださったのですから。付け加えますと，あなたは私を愛してくださっているし，ずっと今後も愛してくださるでしょう。なにしろ，あなたの命を私にくれてやろうという決心の前で，尻込みはなさらなかったのですから。ああ，わがいとしきあなたの命よ！　私はそれをお受けして，聖なる委託物としてお預かりします。これについては，私たちの裁き主たる神の御前で間もなく報告しましょう。なにせ命というものは，苦しむ者たちにとってさえ短いからです。弱い人びとが何と言おうとも。この地上は移ろいいく場に過ぎませんし，ここに魂たちがやってくるのは，自らを試すためなのです。そしてあなたの魂が信心深いのと同じように誠実で，時が私たちに割り当ててくれる年月の間，私の魂の妻であり続けるとしたら，未来永劫はそっくり私たちのものになるのです……」。

　ポーリアはしばらく沈黙したままでした。「そう，そのとおりだわ」と彼女は興奮気味に叫びました。「神はこれより神聖で侵しがたい秘跡を制定されはしませんでした。あなたのような恋はそのようにして，その他の男の方が知らない心の中の結婚式でこの希望と義務を調和させざるを得なかったのです。そして，あなたの天国の花嫁は，ちょうど今あなたの言葉を聞いたとすれば，私があなたにお話

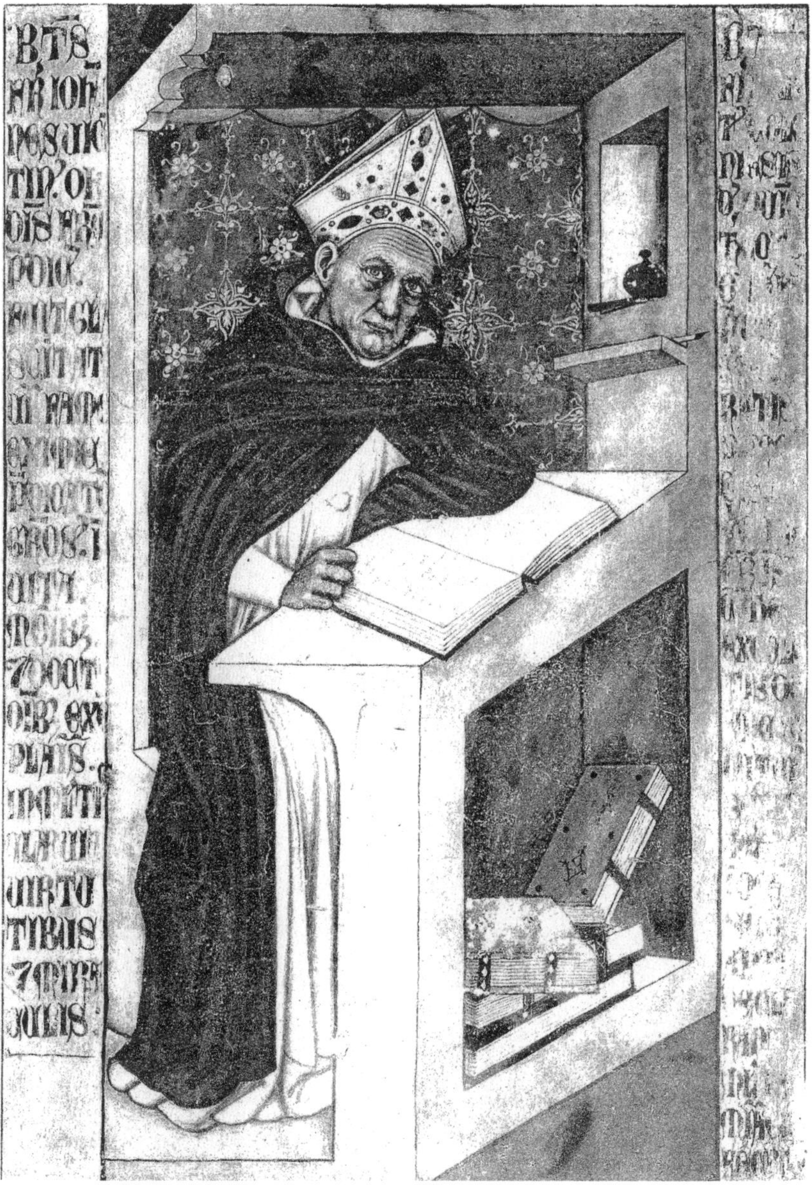

シャルル・ノディエ作　フランチェスコ・コロンナ『愛の戦いの夢』物語

しているのと同じやり方であなたに話しかけることでしょう」。

「その花嫁は私の言葉を聞いたのです，ポーリアさん」とフランチェスコは答えながら，滝のような涙とともに，頭を両手で覆うのでした。

「それじゃ」とポーリアは彼の最後の言葉を理解しなかったかのように，続けるのでした。「三日したら，あなたはヴェネツィアの修道会の一つの修道服を着られるのですか？」

「トレヴィーゾのです」とフランチェスコは答えました。「何回かその方とお会いする幸せまでも自分自身に禁じはしなかったのです！」

「トレヴィーゾのですね？　フランチェスコさん。当地じゃ，私だけしかご存知ないのでは……？」

「あなただけです！」とフランチェスコが答えました。

このとき，うら若い王女の手は若い画家の手の中にしっかり握られたのでした。

「私たちは気づかぬうちに」と彼女は微笑しながら言いました。「ゴンドラは止まってしまったし，ピザーニ宮殿にもう舞い戻ってきているのですね。でも，私たちは地上でこれ以上，何もお互いに話し合うこともございません。でも，私どもの最後のお別れは，お互いによく分かり合った後のことなのですから，甘美なものに決まっています。

68

シャルル・ノディエ作　フランチェスコ・コロンナ『愛の戦いの夢』物語

しかも，今度お会いしたときはさらに甘美なものとなるでしょう」。

「さようなら，永遠(とわ)に！」とフランチェスコが言いました。

「さようなら，永久に！」とポーリアが言いました。

それから，彼女は仮面を再びつけて，舟を降りたのです。

翌朝，ポーリアはトレヴィーゾに居ました。三日後，ドミニコ会士の修道院では鐘が鳴り，新しい修道士の信仰告白と彼の俗世への永遠の死とを告げました。ポーリアは終日，私用の礼拝室で祈りながら過ごしたのでした。

フランチェスコは新しい運命をたやすく甘受したのです。何度かポーリアとの会話をひとときの夢のように思ったりしましたが，もっと頻繁に，幼児の熱中を持って，そのごく細部をも自ら追跡するのでした。しかも，彼は不幸ながらも，運命や年齢のあらゆる有為転変を恐れることのない恋を喚起したことを得意がりさえしたのでした。数日のうちに，彼は修道士の義務と，芸術家の苦心の余暇とに時間を割くことに馴れていきました。ときには，今日でもドミニコ会士のこの修道院で世人から称賛されている，純粋で素朴なフレスコ画を入念に仕上げたり——現代芸術の不遜な無関心から，それらは劣化させられてきましたが——，ときには彼のお気に入りの研究対象たる一冊の中に，彼の

69

シャルル・ノディエ作　フランチェスコ・コロンナ『愛の戦いの夢』物語

天才ととりわけ彼の恋についてのすべての印象を集めたりしたのでした。彼はこの膨大で奇妙な作品の骨組みとして，ひとときの夢といういささか漠然たる形式を採用して，その中で，一切合財を蘇らせようと望んだのです。彼に言わせますと，この明らかな混乱のうちに，思考に打ち込んだ世捨人の想念のつれづれなる連結を表現するのには，これ以上にふさわしいものはなかったのです。周知のとおり，彼がポーリアと若干の優しい言葉を交わすことを許されたあの稀な一瞬のおかげで，この異様な詩作品の献辞を彼女に受けてもらえるだろうとの確信を得たのでした。そして彼自ら語っているところによりますと，彼女が忠告で彼の手助けをしてくれた，とのことです。ですから，彼が元来構想しはじめていた俗語をきっぱりと断念して (lasciando il principiato stilo「開始していた文体を捨て去り」)，手本もなく，模作者もなかった，博学な言語に没頭したのでした。この言語は，古典古代の該博な関心事を筆にしていくにつれて，彼を飾り立ててくれたのでした。一年は甘い幻想の混じったこれらの楽しい仕事で打ち過ぎてしまい，フランチェスコがちょうど自分の作品をスタートさせたときに，ドミニコ会士の壁を越えて，彼の心を引き裂きかねないようなもっとも手ひどいニュースが伝わったのです。以前に共和国の提督と総督をしており，すでに貴族のうち

ΓΕΛΟΙΑΣΤΟΣ

シャルル・ノディエ作　フランチェスコ・コロンナ『愛の戦いの夢』物語

でもっとも輝かしくて，ヴェネツィアの最高の希望の星となっていた，若いアントニオ・グリマーニが，ポーリアに結婚を申し込みにやって来たという話でした。それにつけ加えて，ポーリアはそれを受諾したとのことでした。

　その日は，フランチェスコが彼の本をポーリアに贈呈しようとしていたときだったのです。彼は今しがた襲った襲撃にも元気を取り戻して，宮殿に出掛け，待合室の入り口で立ち止まりました。「お入りください，修道士さん」とポーリアは彼を認めて言うのでした。「あなたの芸術の素敵な秘密を私どもにお告げにいらしたのね。その宝はクリスチャンのご謙遜から世間には拒まれていながら，私どもだけがこっそり頂戴しなくてはならぬものなのですね」。と同時に，彼女はジェスチャーで，侍女や召使いたちを引き下がらせました。そして，フランチェスコだけが彼女の前に残りました。

　彼の両脚は力が抜けてしまい，冷たい汗が額を覆い，脈は激しく鼓動し，胸は破裂せんばかりにふくれ上がりました。

　ポーリアは手書きの本から，修道士のほうに視線を向けました。フランチェスコの蒼白さ，泣き腫らして目の周りを取り囲んだ充血した隈取り，青ざめてしおれた両手の痙攣した震え，これらは恋人の心の中に何が起きているのか

72

シャルル・ノディエ作　フランチェスコ・コロンナ『愛の戦いの夢』物語

を示していました。彼女は誇らしげに微笑するのでした。

　「あなたは話をお聞きになったのね」と語りかけるのでした。「王子アントニオ・グリマーニとの私の近い結婚のことを？」

　「はい。シニョーラ」とフランチェスコが返事をしました。

　「で，この縁組みをあなたはどうお思いなの？……」

　「どの男もあなたとそのような縁組みを結ぶ値打ちはありませんが，王子アントニオはほかのだれかよりはその権利を持っていますし，それに，その縁組みはヴェネツィアの願望を満たすように思われます。……あなたの願望も。どうかいつまでも，お幸せになられますように！」

　「今朝，私はお断りしましたの」とポーリアが応じました。

　フランチェスコはポーリアの口が本心を表わしていないのではないか，と彼女の目を覗き込むかのように，じっと見つめました。

　「あなたはどなたよりもよくご存じだわ」とポーリアが続けました。「私の誓約がほかになされており，しかもそれが変更できないことを。でも，あなたの疑惑をお許ししなければなりませんわ。だって，あなたご自身の誓約はあなたを祭壇に結びつける誓約で，私に保証されていますけど，私はそのような保証となるものをあなたに差し上げた

73

シャルル・ノディエ作　フランチェスコ・コロンナ『愛の戦いの夢』物語

ことがないのですから。お聴きください，フランチェスコさん。明日はあなたが最初の誓約をなさった日の一年目の記念日です。そしてその日の朝の最後のお勤めでは，その誓約を神の御前で更新されて，それをよりいっそう堅固によりいっそう神聖にされることでしょう。この一年の間に，あなたはこの犠牲の必要性について考え方を変えられましたか？」

「いえ，まったく，ポーリアさん！」とフランチェスコは叫びながら，跪くのでした。

「それで十分ですわ」とポーリアは続けました。「私もあなたと同様に，まったく変わりませんでした。明朝の最後のお勤めには私も出席します。そして，あなたが更新なさろうとしている誓約に私の魂の全力をもってこの身も縛りつけて，ポーリアの心が浮気心を起こすなら，偽誓と冒瀆(ぼうとく)を犯すのだということをあなたに知っていただくようにしましょう」。

フランチェスコは答えようとしたのですが，言葉が唇に浮かんだときには，ポーリアの姿はかき消えていたのでした。

この若い修道士にはその喜びを引き受けるのは，不幸を引き受けるのとほとんど同じぐらい難しかったのです。彼は幸せになるだけの力がもうないことを感じたのです。なにしろ，彼の生命力はあまりに多くの不利な情動に疲れ切っ

シャルル・ノディエ作　フランチェスコ・コロンナ『愛の戦いの夢』物語

て、極限に近づいていたからです。

　翌日、朝の最後のお勤めのとき、修道士たちが内陣に入ったとき、ポーリアは貴族席の最前列のいつもの場所に着席していました。彼女は立ち上がって、広い身廊(しんろう)の敷石の中央に行き、跪きました。

　フランチェスコは彼女の姿に気づいていました。確かな声で誓約を更新し、祭壇の段を降りて、床の上にひれ伏しました。聖体捧持のとき、あらん限りの力で伸びをしながら、彼は両手を頭の前に投げ出しました。

　勤行が終わり、ポーリアは教会を去りました。修道士たちは一人ずつ通り過ぎながら、内陣の前で深く跪きましたが、フランチェスコはというと、その姿勢を全然崩しませんでした。でも、彼がお祈りの時間を不動の恍惚状態で長びかせるのはよく見かけていましたから、誰ひとりとしてそれに驚きませんでした。

　夕べのお勤めになっても、フランチェスコはその姿勢を変えませんでした。すると、ひとりの若い修道士が内陣の聖隊席から降りて、近寄り、彼のほうに屈み込んで、いつもの義務を彼に思い起こさせようと、彼の片手を自分の手に取り、自分のほうに引っ張ったのです。それから、彼は立ち上がって、十字を切り、天を仰いでから、集まっていた修道士たちのほうを振り向いて言ったのです、「亡くなっ

シャルル・ノディエ作　フランチェスコ・コロンナ『愛の戦いの夢』物語
ています！」

　この事件も，新世代の記憶の中ですぐに忘却されてしまうものの一つですが，三十一年以上も前に起きたことなのです。つまり，1498年*の冬の或る夕方，一艘のゴンドラが今日では兄のマヌッチと呼ばれている，アルド・ピオ・マヌッチの店で止まります。しばらくして，学者兼印刷屋の工房に，トレヴィーゾの女王ヒッポリータ・ポーリアの来訪が告げられます。すると，アルド（アルドゥス）は彼女に走り寄り，招き入れ，椅子をすすめ，この名だたる美女の前で，感嘆と敬意にうたれて立ち尽くしたのです。彼女は半世紀もの苦しみの生涯でも，その輝きを奪い去ることなく，彼女をより崇高にしていたのです。

　「該博なアルドさん」と彼女は言って，テーブルの上に2000ゼッキーノの金貨の袋と，一冊の豪華な手書き本とを置いてから続けるのでした。「あなたがずっと後世の人びとの目にも，あらゆる時代を通じてもっとも該博でもっとも有能な印刷師と映じるのと同じように，私がここにあなたにお渡しする本の作者も，今まさに閉じようとしているこの世紀で最大の画家・最大の詩人という名声を後に残すことでしょう。あなたの技でこの宝を再生する暁には，そ

　　＊　T・W・Kの英訳では1598とあるが，訂正した。

シャルル・ノディエ作　フランチェスコ・コロンナ『愛の戦いの夢』物語

れの唯一の保管人として私はそれを取り戻すことを要求するでしょうが，天から優遇されている人びと，天才の構想の評価の仕方を知っている人びとから，この作品の所有をすっかり剥奪しようとは思ってもいなかったのです。そうではなくて，これの部数を増やすために，不滅の印刷術に委ねることができるようになるときを私は待ってきたのです。該博なアルドさん，もうお分かりですね，私が何を希望しているか——あなたの名前に値し，これだけで，未来永劫にあなたの名前の記憶を存続させうるような傑作を希望しているのです。この金貨が尽きたなら，さらに補給しましょう」。

　それからポーリアは立ち上がり，つき添ってきた女たちに両手で寄りかかりました。アルドはうやうやしく挨拶をして心服の姿を示しながら，ゴンドラの所まで彼女について行きましたが，一言も話しかけませんでした。なにしろ彼女が三十年以上も，誰も侵しがたい孤独に引き込もり，男性との交際も会話も放棄してきたことをよく知り尽くしていたからです。

　ここで問題の本のタイトルは *La Hypnerotomachia di Poliphilo, cioè pugna d'amore in sogno*, つまり「夢の中での愛の戦い」であって，『イタリア文学史』の著者，ジャングネ氏が訳したような「眠りと愛の戦い」ではあり

シャルル・ノディエ作　フランチェスコ・コロンナ『愛の戦いの夢』物語

ません。だからといって,『イタリア文学史』の著者,ジャングネ氏がイタリア語を知らないと結論しようというのではありません。私は「弘法も筆の誤り」ということに対しては,より大目に見るものです。

＊　　＊　　＊

「さあ,好きなようにサインしなさい」といいながら,ロヴリックは立ち上がりました。「儂はこんながらくたに自分の名前を書き記す習慣がないからね。儂は本を入手するためでなければ,本屋にこんな小話をくれてやったことなぞ金輪際ないことを天もご照覧あれだ」。

「これからお書きになる物語のすべても」とアポストロが言うのでした。「この一冊に匹敵する本で神父さまの書斎を富ますことになりますように！　これは神父さまのものですし,しかもこの本のことでは二回も神父さまに借りを作ったのですもの」。

「それは儂のものだ！」とロヴリックは夢中で手に取りながら言うのでした……。「いやむしろ,これはあんたのものだ」と陽気に続けながら,それを私の両手に渡すのでした。「今朝,あんたに約束したことだからな」。

こういう次第で,私の小人(リリパット)みたいな蔵書の中の巨人,『ポリフィーロ』の極上の一冊が今日,世ニ比類ナキモノ

78

シャルル・ノディエ作　フランチェスコ・コロンナ『愛の戦いの夢』物語

(nec pluribus impar) として納まっているのです。私はこれを進んで愛好家たちの注目にさらす次第です。彼らはこれが豪華本だと認めずにはおれはすまい……決して高価ではなかったのですが。

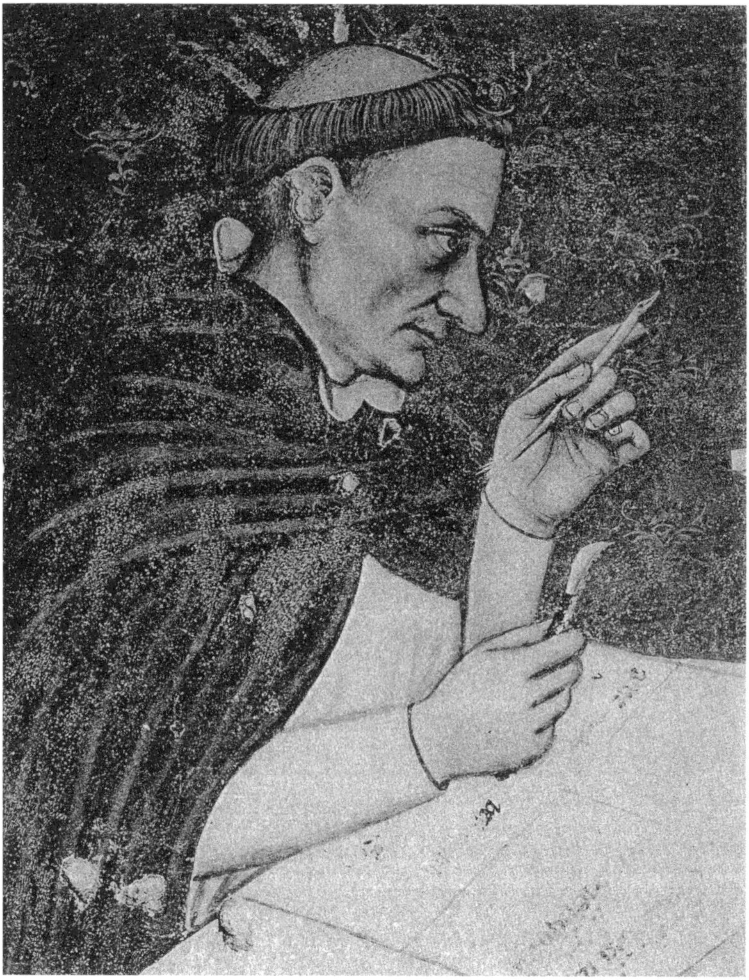

付記——理想的な書物

哲学的詩人で，アカデミー・フランセーズのアナトール・フランスの地位の後継者，ポール・ヴァレリー氏が最近，新しい専門誌『グラフィック・アートと職業』（*Arts et métiers graphiques,* Paris, Hachard）創刊号へ最近序文を寄せた。この序文は『イリュストラション』（1927年9月10日号）および『書物と原稿覚書』（*Notes sur livre et le manuscrit,* Maestricht & Paris, 1926）において既に公表されていたものだった。「書物の二つの効力」なる見出しの下に，第一には，本文のページの読みやすさ，第二には，物的対象としての書物という，二つの独立的観点を論じている。この論稿は『当代』（*The Living Age,* February 1, 1928）ではむしろ無頓着に訳されており，そこではそれは「単純なテーマについての特殊フランス的な処理」として言及されていた。「彼による書物の効力についての入念な分析は，韻文・散文を問わず。彼の全著作に特有のものであり，その意味をわれわれが把握しようと無駄な試みをしてきた数節よりもはるかに包括的である」。

ヴァレリー氏は言っている——「本文を見るのと本文を読むのとはまったく別の事柄である。なぜなら，両者の一方に注意を払うと，他方に注意を払うことを不可能にするからである。われわれを読むように誘わない，はなはだ美しい書物——真白い地の上の黒の素晴らしい塊——が存在する。だが，こういう対照のこの富やこの力は，行間のスペースを犠牲に得られるものであり，明らかに，イギリスやドイツにおいて大いに追求されてきたものだ。この両国では，15, 16世紀の或る種のモデルが模倣しようと試みられており，読者に重きを置く傾向があるし，いささか古風すぎるように見える。近代文学は活字にあふれ返った，こうい

付記――理想的な書物

う目の詰んだ形態には向いていない。他方，十分なスペースを開けてあり，優美さを欠いた，見て退屈な，もしくは率直に言って醜くすらあるページの，はなはだ読みやすい書物が存在する。こういう独立した性質を書物は帯びうるがゆえに，印刷術は一つのリアルな芸術となりうるのだ。それがたんに読書の必要だけを満たすのであれば，芸術家を必要とはしない。読みやすさの要求は，正確さで定義されうるし，同じく明確な手段や一様性で満たされうる。経験と分析をもってすれば，活版屋，植字工の役割を決めるのには十分だろうし，また，明白できちんとした本文を得るために印刷工の役割をも決めるのには十分だろう。だが，印刷屋がその仕事の複雑さを悟るや否や，彼はただちに自分が芸術家になるのを義務と感じるものだ。なにしろ，芸術家の義務は選択することであるし，選択は可能性の多さに支配されているからだ。不確実さに向かうものはすべて，芸術家を魅惑する――いつもその目的を成就するとは限らないが」。

「芸術家としての印刷屋は，建築の適切さとその外見との調和に気配りする建築家の込み入った状況に直面することになる。詩人なら，形式と内容，計画と言語，の間で格闘することを運命づけられている。どの芸術でも（しかも，これは芸術が芸術たるゆえんなのだが）個々別々の性質（これらはまとめられなければならない）の配置と究極的な調和は規則によっては決して得られず，自動的にも得られはしなくて，それらは奇跡または勤勉によって――もろもろの奇跡および勤勉の組み合わせによって――得られるのである。」

書物が物理的に完璧なのは，読みやすくて，眺めて楽しいときだ。読書から熟考へ，そして熟考からまた読書へと，人が気づかぬ視覚的変化に同じようにたやすく同化して，移行するときだ。そういう場合には，ページの白黒の部分は互いに解放し合うし，目は難なく，よく調整された領野を横断するし，全体と細部を味わうし，それ自体の機能を果たすのに理想的な状況にあることを感じる。こういう理想は活字製作者と印刷工との共働によって初めて得られるものである。とどのつまり，形態はすべて活字に由来せざるを得ないし，これはたんなる気まぐ

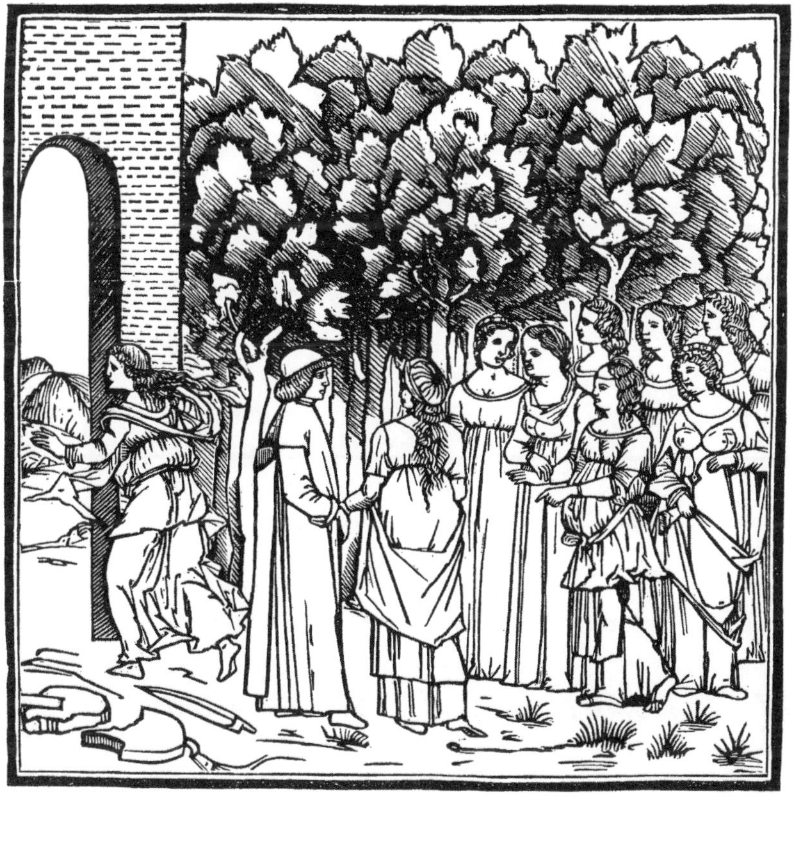

付記——理想的な書物

れな行為から生じることはあり得ない。それの高さ,幅,細い線は,それの嵩(かさ)にかかっているに違いない。私が思うに,サイズの異なる一つの活字スタイルを産み出すのは間違っている。印刷術は微妙な難点や,夥しい数の気づかぬ委細にあふれているのだ。今日までのところ,この技術の師匠たちを,ただエリートの目立った集団だけを満足させるためだけに夢中になって働いてきたと非難しようと思った人はひとりもいない。多くの人びとが一般大衆のために書いていないと咎めて若干の著者に拒んできたことを,彼らは好んで,別の階級の芸術家たちには認めている。けれどもスタンダールは大きなボドニー活字をほとんどからかっている。スタンダールはパルマを通りかかったとき,大公国の有名な印刷所を決まって訪ねることにしていた。ボドニーはタイトルページのための理想的な配置を見つけようと苦闘していた。ボワローの版のために夢みたあの純粋な印象をどうやって創り出すべきか？　スタンダールは語っている——フランスの作家たちをすべて私に示してくれたあとで,彼はテレマック,ラシーヌ,ボワローのどれを私が選ぶかを私に尋ねたのだ。私は全部が自分には同じく美しいように見える,と告白した。すると,「へえ,旦那！」とボドニーは叫んだんだ。「あなたはボワローのタイトル・ページをご覧になっていませんね！」と。それで私はじっくりとそれを調べてみて,とうとう打ち明けたんだ——ほかのものよりもこのタイトル・ページにおけるほど完全なものをかつて見たことがありません,と。「へえ,旦那！」とボドニーは叫んだんだ。「ボワロー＝デプレオーがたった一行の大文字で出ているだけですよ！　私は六か月も探し求めて,やっとこの活字配置を見つけることができたんです」と。そのタイトルはこう配置されていたのである。

ŒUVRES

DE

BOILEAU-DESPRÉAUX

付記——理想的な書物

　スタンダールは結論として言っている——「この世紀の流行には滑稽なものがある。てらい過剰なのだが，告白しておくと，私にはとてもこんなものは信じられない」。
　ヴァレリー氏はこう言っている。
　「要約すると，立派な本はなかんずく，完璧な読者の工夫にあり，そのいろいろの特質はより正確には，生理学上の目の法則や方法によって規定されうるのだ。立派な本は同等に，芸術作品であって，その人格を有しており，特別な思想の目印を持ち，豊かで自由な配置という高貴な意図を暗示しているものなのだ。ここでは，印刷術は即席を排除することを注記しておこう。それは見えざる努力の所産，一芸術の主題なのであり，完成した仕事のみを永続させ，粗雑な草案やスケッチを排斥するし，そして，存在と非存在との中間状態には一切関知しないのである。かくて，われわれは大きくて慎重な教訓を学習することになる。」
　「作家の心は，印刷機が供する鏡の中みたいに読み取れるものだ。紙とインキが調和しており，活字が鮮明であり，構成がよく検討されており，行の調整が完全で，紙への印刷が行き届いていれば，著者は自分の言葉遣いや文体を新鮮に感じる。自分自身がたぶん自分に正当ではないかも知れぬ名誉を着せられているように思うものだ。彼は自分のものよりも明白で，しっかりした声を，自分の言葉をはっきり発音したり，すべての語彙を危うく分断したりする，申し分なく純粋な声を聞くように思うものだ。自分が書いた，弱く，女々しく，恣意的でやぼなすべてのものが，あまりにも明白かつあまりにも大声で語りかけるのだ。立派に印刷されるということは，たいそう貴重かつ重要な贈り物なのである。」
　リュシアン・ファルヌー＝レノー氏が，『ひきがえる』*（*Le Crapouillot*, 1927）のクリスマス号「愛書家の庭」（*Le jardin du bibliophile*）での論稿「絶対に美しい書物について」（"Du beau livre absolu"）の中で述べているところによ

---

　*　第一次大戦で使用された塹壕戦用の小型砲弾，砲兵のこと。

付記——理想的な書物

ると，彼はなかんずく完璧な読書装置としての素晴らしい書物についてのヴァレリー氏の記述に賛成するとのことだ。無用なことが判明するものはすべて醜い。だから，ファルヌー＝レノー氏にとって，素晴らしい書物とは，その目的にぴたり叶うそれなのだ。書物が読むことを提案するのは，第一段階においてだけなのだ。書物の最終目的は，推理過程の終わりにおいてであれ，情緒的衝撃の連続によってであれ，その著者の精神状態を——それも書かれたものを介して——われわれに伝達することにある。上掲筆者が要約の中で素晴らしい書物と呼ぼうとしているものとは，人が話すように，流暢に書かれるような書物のことである——すべての大学教授や衒学者を激怒で死なせかねないような書物のことである。彼が望ましいと思っているのは，読みやすく，均整がとれ，しかもごく軽快な，活字体である。本文をよく理解した上で，決まった唐草模様や，ときには全ページ挿画を選び，たんなる読書過程では滅多に生じさせることができない反応を呼び起こそうと試みたがる芸術家によって，どのページも入念に仕上げられるべきなのだ。中世の芸術家たちは正鵠を射ていた。青色はわれわれに天使の祈りを示唆する。織りまぜた金色は聖母マリア賛歌（マグニフィカト）の効果を高める。紙の色合いは書き物の種類に準じて選ぶがよかろう。周知のように，赤色は喜びを呼び起こすし，オレンジ色は官能性を帯びる，等々。印刷工が芸術家になろうとすれば，何と驚くべき探求と微妙な区別が要求されることか！　つらい望郷に襲われた詩人が，半喪期のスミレの中にむき出しの心で現われたりするだろうか？　全然何も示すことがなくて，闇に飲み込む黒一色に値するような作家が，何と多いことか！

T. W. K.

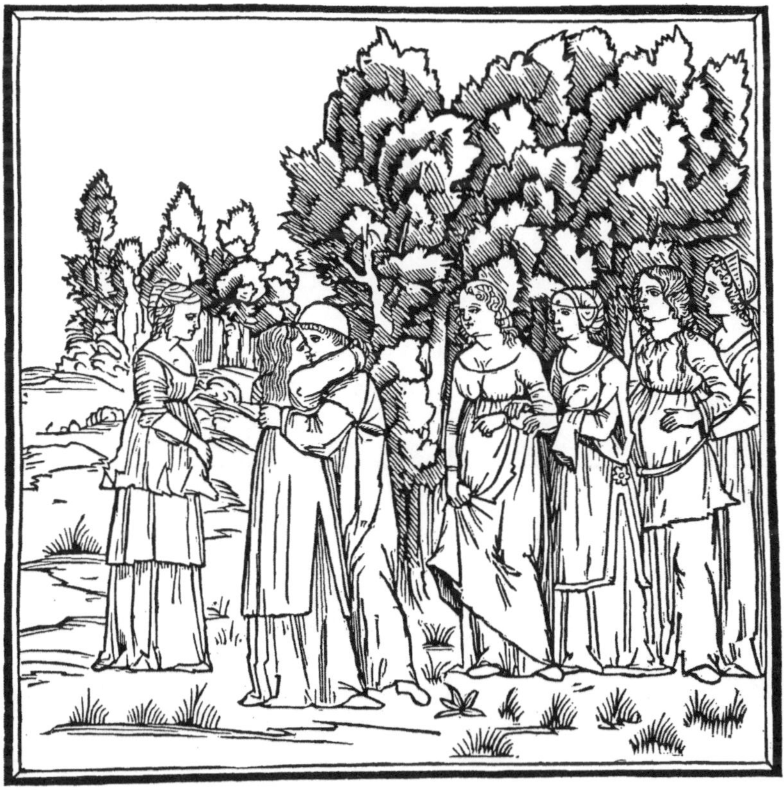

付記――理想的な書物

HYPNEROTOMACHIA POLIPHILI,VBI HV
MANA OMNIA NON NISISOMNIVM
ESSE DOCET.ATQVE OBITER
PLVRIMA SCITV SANE
QVAM DIGNA COM
MEMORAT.
＊＊＊
＊＊
＊
CAVTVM EST,NE QVIS IN DOMINIO
ILL.S.V.IMPVNE HVNC LI
BRVM QVEAT
IMPPRIME
RE.

〔ポリフィーロのヒュプネロトマキア。ここでは彼は人事万般が夢にほかならぬことを教え、その序でに多くの価値あることを明白かつ賢明に考察する。

＊　＊　＊

警告――著名なるヴェネツィア市議会の領域では何人たりとも本書の複製は許されない。〕

"作り咄し家"ノディエ

>「根城を除くすべて」
>——サント＝ブーヴ

　シャルル・ノディエ（1780-1844）はサント＝ブーヴが彼の死の数日後に献じた数ページ（『両世界評論』誌に初出。後に『文学の肖像』(Portraits littéraires, Paris, 1852) 第三巻に再録）でおよそ獲得しうる最良の感謝のコメントの一つを受けた。正確で，感動的な，情緒が漲（みなぎ）り，真の共感に突き動かされたページだ（これは魂の伴侶の熱烈な記述を提供しているのか，それともこの衝立（ついたて）の後ろで中国の肖像画，謎の自画像を描いているのか，としばしば世人は自問するほどである）。

　感謝の言葉が感動させるのは，ノディエの存在そのもの，この批評家を構築しているフィクションの存在が，その不在によってはっきりさせられる限りでの話だ。作家の真の原型たる彼に対して，フランス文学はもはや名ばかりのポストしか当てがっていないし，したがって当然ながら，彼は必然的な否認，無理解を運命づけられているということになる（それに反して，英文学やイタリア文学はトーマス・ブラウンからド・クインシーに至るまで，またマガロッティからマンガネッリに至るまで，伝統的に彼には特上席を当てがっているのである）。

　必要とあらば，この欠落の補足証明ないし確証としてこんな事実がある。つまり，彼のようなタイプを名づけるのに，上の批評家は"物書き"（littérateur）という，同語反復的で通用しなくなった語しか見つからなかったということだ。"物書き"とは，端的に言えば，否定的な流れ落ちる滝そのもの，"欠落"の存在論のことだ（「人は歴史家でなくとも，まったく詩人でなくとも，優れて小説家でなくとも……厳密に言えば，博学な批評家ならずとも，物書きにはなれる」）。

"作り咄し家"ノディエ

　ノディエは全然こういう一切のもの——こういう一切のものの少量——，本質的に「漠然と漂流している」ものではないし，したがって，正面からフランス的情熱の範疇や規範を引き受けているのであり，この不安定な総体にしても，その多様な局面の一つに「時々」だけ根を張っているにすぎない（「詩人，小説家，序文執筆者，注釈家，伝記作家，物書きは，もともと，好事家で，窮乏状態にあり，命じられたままに応じているだけなのだ」）。
　こういう無節操の端的な帰結はこうだ。こういう位置づけ不能な存在は，奇抜なものにしか——言い換えると，体系がそういうものとして記すものに対してしか情熱を抱かないのだ。「中心の外に拡がるのを好む移り気な性向」の対象だ。そういう存在は「とりわけ，作家たちやその作品の特性，状況」，歴史の周辺やなおざりにされたものに「取り組む」。ナボコフを先取りした情熱的な昆虫学者として，ノディエは不安定な対象——「翼（つばさ）から色彩をかすめ取られてしまった，輝かしい甲虫目」——に強い関心を寄せている。彼が異なるものを評価するのは，それの唯一のメリットのせいであるし，この点では当代の人びとよりも，コレクターないし昔の博物学者に近い。しかもコレクターにも似て，あくまでユニークな対象の多様性に屈折させられて，彼は飽くことのない好奇心から自らのアイデンティティを危険にさらすだけ得をするのだ。
　かくして彼は自らの存在そのものを脅されるに至ったのだ。彼を注釈した現代人の一人ミシェル・ラクロ（Michel Laclos）も指摘しているように，「彼によると，その書物は継ぎはぎ細工であって，そこでは学識が自由奔放にむき出しになっており，そこでは個人的な寄与が稀薄な場合にも，もろもろの影響は夥しい」（模倣，剽窃，継ぎはぎは，周知のとおり，彼の『合法的文学の諸問題』の中心テーマである）。二つの本文どうしの通過点，内実のない仲介者，たんなる転写人として，ノディエは彼に対する職権乱用や読みのゲームに，へりくだりながらも抗議している。彼にとり貴い評価は，ピエール・ラルース（Pierre Larousse, 1817-75, ラルース書店主）のような剛毅な精神の有無を言わせぬ判断——「この

"作り咄し家"ノディエ

愛すべき，抗しがたい作家の名声は評判倒れになってしまった」——であろうが，結果としてはただ，この激しやすい辞書編纂者をしてロマン派の文壇での彼の処世術を追求させるだけに終わっている。

　はるかに巧緻なサント＝ブーヴは，こういう悪影響を受けた弱みのうちに，安堵させ単純化させる役割の配分に反抗することを選んだ人の真の力を看取する術(すべ)を心得ている。こういう反抗は，世界的な波のひそかに広まった押しつけやメディアの単純化が論駁されることなく支配している今日になってみると，とても軽視はできまい。題辞の「根城を除くすべて」というサント＝ブーヴの言葉は，「支配者層」，歴史家，哲学者，学者，言語学者，「溝の中に挟まれている限り，すべての」専門家と同時に，物書きをも加えているこの批評家を見事に要約している。

　ノディエがこれら「不完全な精神の持ち主たち」のうちに位置づけられるであろうことは疑いないのであるが，彼らの横顔や重要性をチャールズ・ラムは同時期に，英仏海峡の反対側から明らかにしている（『エリア随筆集』 *Essays of Elia*, 1822）。こういう精神は「真実から外れた断片，切端……で満足している。暗示や素早い発想，アイデアの芽や手っ取り早い体系化の試み，ここにこそそういう精神の自負はあるのだ。たまには，それら精神も何らかの小さな獲物を狩り出すことがある——だが，それを徹底的に追いたてる仕事は，節くれだった頭脳の持ち主や，逞しい体格の人物に委ねるのである」。こういう家族は歴史の流れにつれて，トーマス・ブラウン，ジェレミー・テイラー，コールリッジ——そしてもちろん，ラム本人——，それにド・クインシーを結集することになろう。この系図を20世紀になると，国際人マリオ・プラーツがそのもっとも素晴らしいエッセイの一つ（『舞台裏の声』(プロンプター) *Voce dietro la scena*, Milano, 1980）の中で，追跡したり，続行したりしようと企てている。

　サント＝ブーヴは彼なりにこのテーマを変更して，こう確言している——「"物書き"は『歴史の既定の路線，文学についての一般的判断や得られた大きな成果』をきっぱりと忘れ去って，『いつも巧みに』切り抜けるし，『特殊点，予期

"作り咄し家"ノディエ

せざる掘出し物，例外的な珍品にしかねらいをつけないし，そういうものに全身でかかわり，そしてそういうところで彼との間』に自己を確立し，条件法で書かれた存在（「ああ，われらが存在できることになればなあ！」）の原因となりながら，『あまりに早かろうとあまりに遅かろうと！』で苦しめられることになる瞬間に彼を関係づけるべきであろう，と。

『空想的な行為，漠然とした，常軌を逸した性格に』運命づけられたこの存在の明らかに因果論者的な観方に関してであれ，言わば，同世代の精神を集約し，すべてを仕上げている，ノディエのこういう局面に関してであれ，隠された懐疑的態度は誇張をすらつかせるのだ。」

この仮説の接点で，この批評家は一つの証明，いやむしろ，一つの歴史的起源を見いだしている——ノディエの場合には，それを「山々の外れでの辺境生活」——ところに関係づけるべきだろうが，しかしまた，とりわけ疑いもなく，歴史の切れ目，つまり，この作家が「滅びかけた総裁政府*1といまだ生じてはいなかった帝政での伝記的ないし文学的所与，すべての身分規定が彼に関する限り本質的に不確かなのだ。*2

部厚い記憶，多数の教訓，まぎらわしい読み，無限の豊富な可能性を有する書物が，この激烈な読者，この境界的存在，この剽窃者ないしこの正当化を主張する偽作者の現実そのものにまで攻撃をし，損なったかのように（これらの鍵的イメージの一つはテーマ批評*3の先駆けをなしている，とサント＝ブーヴは鋭敏な指摘をしている），ボローニャの石なるイメージこそは，「それを貫通してきた

＊1　フランス革命中の1795-99年を統治した五人の総裁による政府。
＊2　サント＝ブーヴは脚注でこう記している——「シャルル・ノディエに関する限り，とりわけ彼と会話した場合には，正確さを得るのはたいそう難しいのである」。
＊3　ある作家の作品群より独自のテーマを選び出してこれを分析したり，批評するやり方。

"作り咄し家"ノディエ

光線をしばらくは閉じ込めると言われている」石なのである。
　そして，15世紀末の北イタリアの一ドミニコ会士が想像したこの『夢の中の愛の戦い』(*Pugua d'amore in sogno*) 以上に，吸収，屈折，回折のこの連続，想像上の収縮と拡張のこのゲームにとってましな題材がはたしてあるだろうか？ 彼本人からして，熱烈な贋作者ないし吸収者として，おとぎのような過去を夢みながら，これを再発見していたし，このうえなく奔放な接ぎ木の山を考案していたし，しかも印刷術の歴史でもっとも美しい書物の一冊をあらわしたのだ。(*Hypnerotomachia Poliphili* の初版は160点の木版による挿し絵入りで，1499年にアルドゥス印刷所から出版された。そして，1546年には再版されたのであり，この委細がノディエの物語の中では重きをなしている。仏訳は一年後に出たのであり，それは二つの版の重要性が文学史でも建築史でも際立っていることが知られる前のことだった)。
　推測を逞(たくま)しゅうするなら，1433年頃にヴェネツィアに生まれたフランチェスコ・コロンナは，時代を超えて，その物語の作中人物以上に，ノディエと共通点を有していたとも言える。コロンナはヴェネツィアの修道院で高齢で亡くなったのであり，どうやら崇高なる愛の主人公ではなかったらしいし，ましてや，はっきり確立した文学モデルによれば，ノディエの想像したような，絶対的であるだけに未成就な情熱の主人公でもなかったらしい。言葉への夢想，寓意および象徴的図柄への趣味，想像しがたい古典古代や夢と現実すれすれの彷徨への魅惑，これらが博学な修道僧の精神を占めていた。マリオ・ロクが1949年に主張した学説によると，『夢』の女主人公，風変わりなポーリアは，疑いもなく，現実の存在というよりも象徴的な存在だったし，彼女は異なるもの，さまざまな愛の観念（この探求の対象は一般には，そして予見可能なとおりに，こういう観念に帰着させられている）を表わしているというよりも，一つの無垢，ないし一つの輝き (polia)，「美の輝き」（したがってまた，失明）を表わしていたのだ，——はるかなる ($\pi o \lambda \iota \acute{o} s$「澄んで輝くもの」の) 古典古代に由来していないにしろ。

"作り咄し家" ノディエ

　しかしながら，ポリフィーロの目がくらむような歩行の意味は，この混合的なフィクションの冒頭からすでに与えられている——「ここではすべての人事は夢に過ぎぬことが見て取れる」と副題にあるのだ。われわれが生きているのは影を食している世界の中なのだとの確信，その堅さは，じつは幻想の堆積に過ぎぬとの確信，これがこのヴェネツィア僧の夢の中の散歩道と，「書誌の枠内にとどまった小説の片隅」，「古書のページの間に保存された，まったく新鮮な花」（サント＝ブーヴ）を結びつけており，これらのページの中のその花が19世紀末に蘇ることになる。この花はまた，互いに異なり，三世紀の隔たりがあるとはいえ，分類不能な書物の二作者を結びつけてもいる。彼ら二人＊のために，文学史は名前もジャンルも用意していないが，それでも彼らを，或る忘れ去られた批評家によりかつて "作り咄家(ノヴェリスト)" と大胆にも名づけられた，この美名の下に寄せ集めることもできるであろう。

パトリック・モーリエ

シャルル・ノディエ胸像
（ドールのノディエ高校古文書館蔵）

　＊　フランチェスコ・コロンナとシャルル・ノディエ。

『ヒュプネロトマキア』梗概

〔第一章〕
ポリフィーロは夢の中で静まりかえった沈黙の未開の原野にいたように思われた間の時間を記述しつつ、夢うつつに自らの愛の戦いを開始する。
〔第二章〕
ポリフィーロは暗闇の森の危険を恐れて、光明の主に祈りの言葉を捧げる。不安でのどが渇いたままそこから脱出し、元気を取り戻そうとしていると、甘美な歌が聞こえた。その歌を聞いていて、飲むのを忘れてしまい、前よりさらに大きな不安に陥ってしまう。
〔第三章〕
ここではポリフィーロはいまだ眠っていて、夢の中に再び入り込んだように思われたことを物語っている。不思議な柵で先端を閉ざされた渓谷にいる。驚嘆すべきピラミッドが建っており、上には空高く伸びたオベリスクが乗っかっている。全体の眺めは楽しく、入念に考察されていく。
〔第四章〕
ポリフィーロはこの巨大な建物や不思議なオベリスク付きの大ピラミッドの一部を叙述した後で、次章では素晴らしい大作、とりわけ、馬、伸びた巨人、象を説明し、主として優美この上ない門をも描写する。
〔第五章〕
ポリフィーロはこの大門の均斉美を正確に説明してから、引き続きそれの貴重で独創的な装飾や見事な出来映えを記述していく。
〔第六章〕
ポリフィーロは上述の門に入り込み、入口の素晴らしい装飾を眺め続けて大い

『ヒュプネロトマキア』梗概

に満足する。それから後戻りしたくなって，巨大な龍に出くわす。信じがたいほど震え上がって，地下に逃げ込む。最後に，息を切らしながらやっとのことで出口を見つけてから，安全な場所に到着する。

〔第七章〕
ポリフィーロはやっと見つけて，入ろうとしている場所の魅力を記述していく。そこをうろついていて珍しくもたいそう美しい造りの泉を発見した。五名のしとやかな少女がやって来るのを見る。すると，彼女らは彼がいるのに驚き，同情して彼を慰めてから，一緒に気晴らしするように誘うのだった。

〔第八章〕
ポリフィーロは五名のニンフに元気づけられ，もうすっかりうちとけてから，一緒に温泉に行き，そこで変わった源泉や軟膏の塗布でたいそうふざけ合った。それから女王エレウテリリデに案内されてやって来て，歩きながら，道中また宮殿の中でも，異常な多くの物事や素晴らしい造りの泉を見かける。

〔第九章〕
ポリフィーロは女王のずば抜けた気高さ，その住居の華麗な状態，好意に満ちた，親切な歓迎ぶり，彼を迎えたときの彼女の仰天ぶりを記述していく。そのほか，饗宴の豪華さがあらゆる人知を超えていたことや，それが催された場所が無比だったことをも記述している。

〔第十章〕
ポリフィーロは手厚くもてなされてから，優雅この上ない舞踏の話を続けるのだが，これは冗談だとばれてしまった。それから，どういうわけか，女王が彼を二人の美少女に託して，彼を悦楽や不思議なものの鑑賞へと案内させた。道すがら，少女たちは天真爛漫にも彼にいくつかの疑念を晴らす。とうとう三つの門に到着すると，その真ん中の門を越えて行き，三名の愛らしいニンフの間に加わる。

〔第十一章〕
この場所に彼が淫らな少女たちからたった独り取り残されていると，優美この

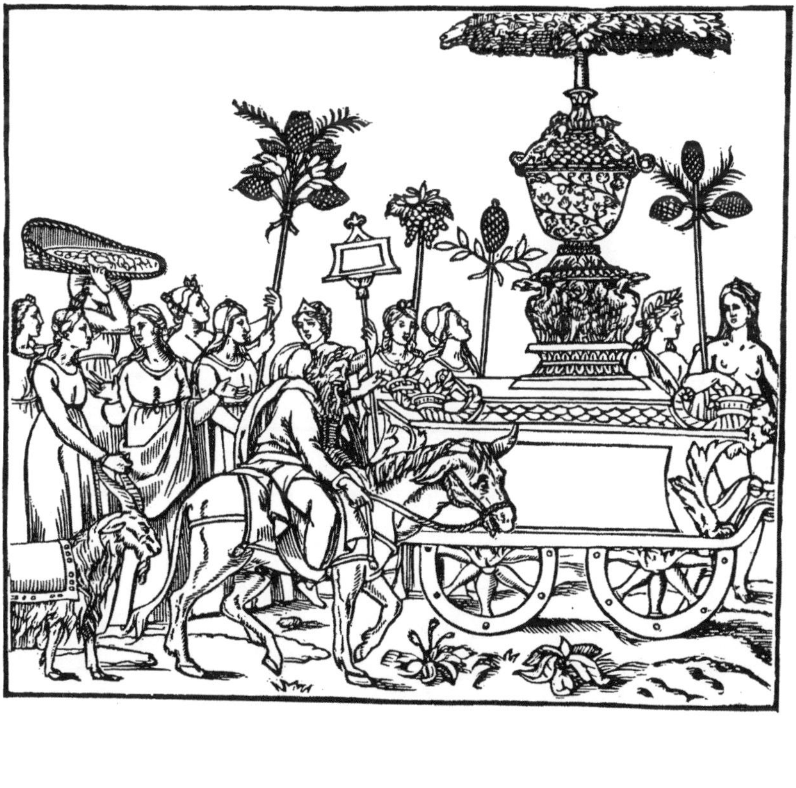

『ヒュプネロトマキア』梗概

上ない一名のニンフが出迎えにやってくる。ポリフィーロはこのニンフの美しさと服装とを愛情をこめて描述していく。

〔第十二章〕
　この上なく美しいこのニンフが，左手に松明を持ちながらポリフィーロに近づいて来て，右手で彼を摑み，ついてくるように招く。そのとき，ポリフィーロは淑やかなこの少女への甘い恋でますます燃え上がり，その感覚が炎症を起こしにかかる。

〔第十三章〕
　ポーリアはいまだ恋しているポリフィーロのことに気づかずに，才気と優雅さとをもって彼を元気づける。彼のほうは，この素晴らしい美人を前にして，心の中で恋心を自由にはばたかせる。両人が凱旋行列に近づいたとき，彼は無数の少年少女が楽しそうに小躍りして喜んでいるのを目にする。

〔第十四章〕
　ポリフィーロはこの描かれただけの場所で，ありとあらゆる種類の宝石でできた，六頭立ての四台の馬車が凱旋するのを目にする。若い至福の霊の雑多な群れがうやうやしく至高なるゼウスに賛辞の声を上げている。

〔第十五章〕
　恋する少年たちや聖なる恋する少女たちの群れが例のニンフによって，ポリフィーロに対して雄弁に描述される。彼らは神々に愛されているかのように愛されていた。彼はまた，予言する聖歌隊員の踊りを目にしている。

〔第十六章〕
　ニンフはポリフィーロに凱旋の謎や聖なる愛を適切に説明した後で，彼にさらについてくるように招く。そこで彼はほかの無数のニンフたちがいろいろなやり方で，親愛な恋人たちと花々の間や，暗い冷気の間や，明るい小川の中や，透明な泉の中で楽しみ合っているのを見て，ひどく満足する。ここでポリフィーロは激しい恋の焔に襲われて，興奮にかられるが，うっとりとさせる美しいニンフの

『ヒュプネロトマキア』梗概

姿を眺めていて，落ち着き，希望で和らぐ。

〔第十七章〕
　ニンフは恋に陥ったポリフィーロを別の美しい場所に案内する。そこで，彼は無数の称賛すべき仲間たちが季節と産物の神や果実と果樹の女神の勝利を聖なる祭壇の周りで熱心に祝っているのを目にする。それから，彼は素晴らしい神殿に到達する。この建築構造の一部を彼は描写していく。内部では，至聖なる巫女により忠告されたニンフが，松明を儀式どおりに消し，そしてポリフィーロに対しては，自分がポーリアであることを打ち明ける。それから，生贄を捧げる巫女と一緒にニンフは聖なる礼拝所に入り，聖き祭壇の前で，三美神（アグライア，エウフロシュネ，ダレイア）に祈願する。

〔第十八章〕
　ポーリアは敬虔にキジバトを捧げている。そこから飛翔する才気が涌き出てくる。そのとき，至高なる巫女は女神アフロディテに祈りを捧げ，それからバラの花を撒き，白鳥の生贄を終える。すると，不思議なことに，花と実をつけたバラ園が生じてきて，両名はその実を食べた。喜々として或る神殿の廃墟に到達し，そこでポーリアは執り行われている儀式の知識を得る。それから彼女はポリフィーロにそこの古いたくさんの碑銘を眺めに赴くように説得する。彼は怖くなって戻るのだが，彼女の傍に座っていて，元気づけられる。ポリフィーロはポーリアの途方もない美しさに見とれていて，全身が恋で燃え上がる。

〔第十九章〕
　ポーリアは廃墟の神殿に刻まれた古い碑銘を検討するようポリフィーロを説得する。ポリフィーロはそこに不可思議ないろいろの事柄を見，最後にペルセフォネの強奪のことを読んでいて，不注意にもポーリアを見失ってしまうのではないかと恐れ，怖くなって彼女の許に戻る。それから，愛神がやってきて，ポーリアに，ポリフィーロと一緒に小船に乗るよう招く。春風（ゼヒュロス）が起こり，二人は幸せな航海をする。海上を進むうち，海の神々がエロスへの大いなる崇敬を繰り広げる。

『ヒュプネロトマキア』梗概

〔第二十章〕
　ポリフィーロは，ニンフたちがオールで漕ぐのを止めて，甘美に歌いだしたことを物語っている。ポーリアの歌もニンフたちと唱和していた。彼はそれを聞いて，深くて大いなる愛の喜びを覚える。

〔第二十一章〕
　ポリフィーロはたいそう憧れていた場所に歓喜のうちに到着し，そこの素晴らしい魅力を絶賛しながら，植物や，草花，鳥たち，住民のことを然るべく記述していく。なかんずく小船の形を説明しており，そしてエロスに対するがごとくに，下船したとき，贈物を持参した大勢のニンフたちが，しきりに彼に敬意を表しに近づいてきた。

〔第二十二章〕
　小船から下りると，素晴らしく盛装した無数のニンフたちが出迎えて，戦利品を運んでくれた。ポリフィーロはエロスに聖なる品物を捧げる神秘な儀式や，この神が凱旋車に乗り，ポーリアとポリフィーロの両人とも後ろに釘付けになって加わった栄誉の行列のことを記述していく。一行はこのように贅を尽くして，素晴らしい半円劇場の門に到着するのだった。そこの内外のことをも彼は入念に描述している。

〔第二十三章〕
　ポリフィーロは円形劇場の中心に配置されていたアフロディテの泉の素晴らしい構造や，垂れ幕がどのように破られたか，そして聖母がいかに厳かに見えたか，ニンフたちの歌に沈黙を強要したか，ポーリアと彼にはそれぞれ三名のニンフが割りあてられたことを記述している。それから，エロスはそこでこのふたりに傷を負わせた。女神は泉の水を彼らに振りかけ，ポリフィーロは再び着衣させられた。最後に，軍神アレスが不意に加わると，一行は暇乞いをして，出発した。

〔第二十四章〕
　この軍神が到着してから，一行が仲間全員うち揃って，ほかのニンフたちも含

100

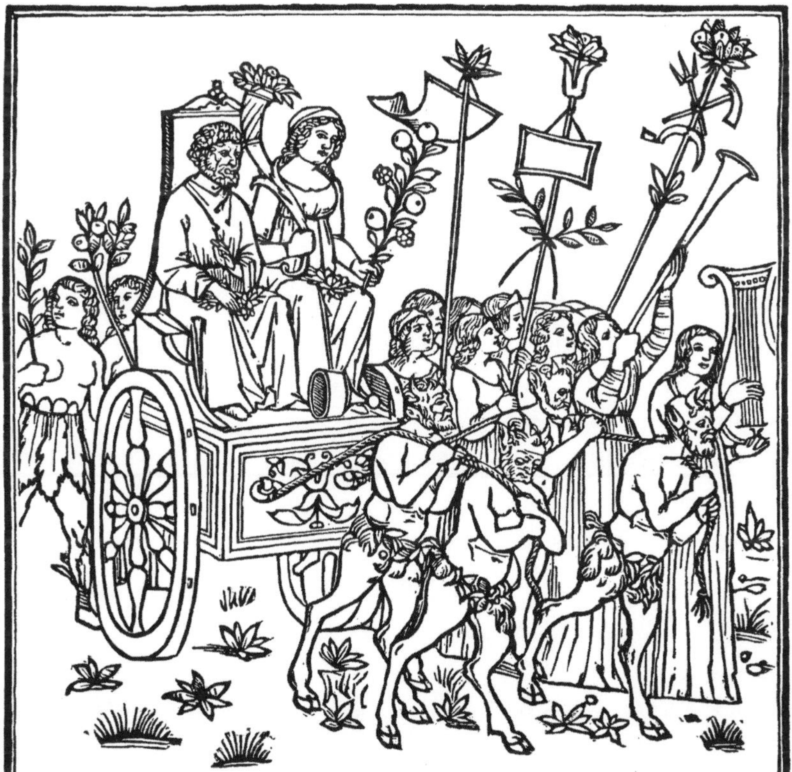

『ヒュプネロトマキア』梗概

めてどうやって劇場から出たか，どうやって聖なる泉に到達したか（そこではニンフたちがアドニスの墓のことを物語る），また例の女神が記念日のたびに聖なる儀式を遂行しにここに出向くことを，ポリフィーロはこと細かに語っていく。歌と舞踏が止むと，みんなはポーリアに彼女の素性と恋について語るようにと説き伏せる。

〔第二十五章〕

ポリフィーロは夢の中での愛の戦い第二幕を開始する。ここでは，ポーリアと彼本人は交互にそれぞれの恋の態様や異なるケースをいろいろと雄弁に物語っている。ここでは，聖女ポーリアは自らの高貴で由緒ある出自や，トレヴィーゾが彼女の祖先により建設されたこと，レリア一族に由来していること，そして彼女の最愛の人ポリフィーロがどのようにして，彼女本人は気づかず不注意なままにいるときに，彼女に場違いにも恋してしまったかを，お互いに物語っている。

〔第二十六章〕

ポーリアはペストの伝染病にかかり，女神アルテミスに一身をささげた。たまたまポリフィーロは或る日，彼女が独りで神殿で祈っているところを見かけた。彼女を愛することにより辛抱してきた苦悩や苦痛のことを彼女に説明してから，慰めを求めると，彼女はなおも冷酷な態度を保ち続けたため，彼が気絶して死ぬのを目撃した。そのため，何か大罪でも犯した者みたいに，彼女はすばやくそこを逃げ出した。

〔第二十七章〕

ポーリアは自分の常軌を逸した行動を要約して，逃亡しながらめまいをおぼえ，そうとも気づかないで，と或る森の中に連れて行かれ，そこで二人の少女をひどい目に遭わせるところを目撃した経緯を物語る。この一部始終に恐れおののきながら，彼女は自宅に戻った。それから，眠っていると，二人の殺し屋に誘拐されたように思われた。恐れおののき，もがきつつ，眠りから目覚めると，乳母と一緒だった。すると乳母はそのことで，彼女に有益なアドヴァイスをしてくれたの

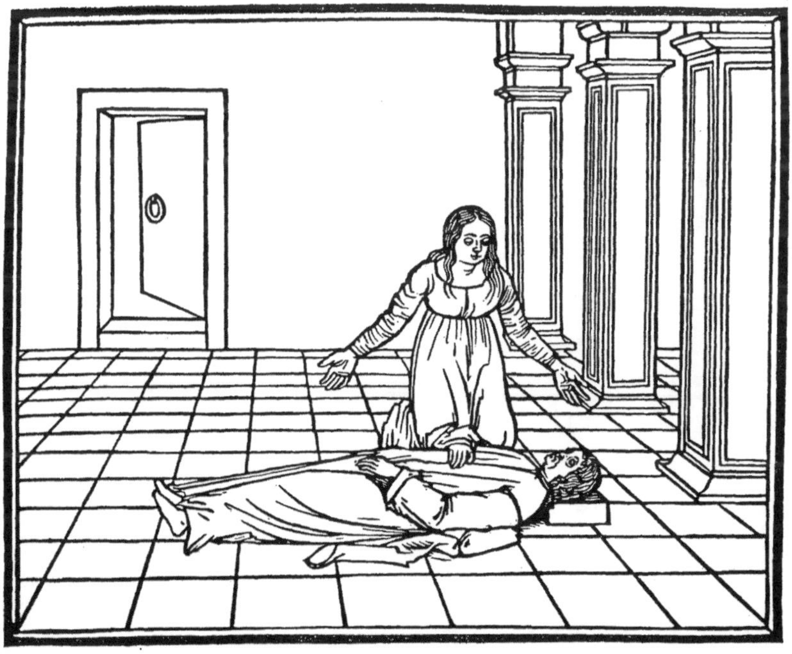

『ヒュプネロトマキア』梗概

だった。
〔第二十八章〕
　ポーリアはこの利口な乳母がどのように忠告してくれたか——寓意的な例でもって，怒りを回避したり，神々の脅迫を逃れる方法や，度外れな恋に絶望した女性がどうやって自殺したか，といったこと——を物語る。乳母はアフロディテ女神の聖き神殿の巫女の許へ即刻おもむき，適切に為すべきことについて助言を得るようにポーリアに勧める。すると，巫女はもっともふさわしい，効果的な教えをすすんでポーリアに提供することになる。
〔第二十九章〕
　ポーリアは抜け目ない乳母から伝えられた，神の怒りの実例に恐れおののいて，恋に対して準備をし始め，ポリフィーロが死んで横たわっている神殿に赴いた。泣いたり，涙を流したり，彼を抱擁したりして，彼を蘇らせる。さらに，アルテミスのニンフたちが二人をどのように逃亡させたか，彼女が部屋の中で抱いた幻や，それから，アフロディテの神殿に赴き，恋したポリフィーロがどういう状態になっていたかをも，物語っていく。
〔第三十章〕
　巫女の前で，ポーリアは過去の無信仰を非難される。他方，今や彼女はポリフィーロの現前により，熱愛を強化され，すっかりこれに満たされている。信心深いこのシニョーラはポリフィーロを自分に呼び寄せる。すると彼は彼女に，二人ともが揺るぎない決意を固めさせるようにして欲しいと懇願する。ポーリアは恋の焦燥により，内心とりことなり，答えを中断する。
〔第三十一章〕
　ポリフィーロがその物語を終えるや否や，ポーリアはその情念でいかに深く傷ついているか，どれほど恋の衝動で彼に憧れているかについて，多くの実例を挙げながら，彼に告白する。切迫した感情を表わすために，自分の抑えがたい恋の保証として彼に甘美な接吻をする。それから，尊敬している巫女の返事を伝える。

『ヒュプネロトマキア』梗概

〔第三十二章〕
　巫女の命令に服従して，ポリフィーロは粘り強さへの賛辞を繰り広げた。自分の恋についてすでに語られた事実を度外視して，祝祭日のあいだ神殿の中で彼女を見かけ，恋の情熱に錯乱し，それから，二人の離別によく悩まされたことを物語っていく。その結果，彼はポーリアに自分の苦しみを打ち明けるために，手紙を送るということを思いついたのだった。

〔第三十三章〕
　ポリフィーロがポーリアに書いたと語っている最初の手紙に，彼女が返事をくれなかったので，彼は第二の手紙を彼女に送ることになる。

〔第三十四章〕
　ポリフィーロはその苦しい話を続ける。ポーリアが二通の手紙に心を動かさないために，彼は第三の手紙を送った。そして，彼女はなおもさらにつれない態度を続けることになる。その彼女がたまたまアルテミス神殿に独りで祈っているところを見つけた。ここで，彼は死んだ。後で彼女の甘い抱擁の中で蘇るためである。

〔第三十五章〕
　ポリフィーロはその霊魂が再び体に入り込み，前に現われて，嬉しそうに話しかけたことを語り続ける。霊魂が言うには，宥められた親切な女神アフロディテの前におり，今や，愛顧を受けてから，幸いにも再び生命を授けられることになった，とのことだった。

〔第三十六章〕
　ポリフィーロの話では，霊魂が黙るや否や，自分は生きたまま，再びポーリアの両腕に抱えられていたとのこと。それから巫女は二人がお互いに永劫の愛で結ばれるように祈って，話し終えた。ポーリアも，自分がいかに恋したか，またポリフィーロが彼女にいかに恋したかをニンフたちに語り終える。

〔第三十七章〕

105

『ヒュプネロトマキア』梗概

　ポリフィーロが語るには，ポーリアは話し終えながら，花の冠も作り終えたという。彼女は彼にそっと接吻しながら，その花の冠を彼の頭上に載せた。ニンフたちは長らく我慢しながら，恋物語に耳を傾けていたのだが，暇乞いをして，彼女らの元の娯楽に戻った。ポーリアとポリフィーロは二人だけで，互いに恋の話をし合った。ポーリアが彼をきつく抱擁している間に，彼女も夢ももろともにかき消えてしまった。

〔第三十八章〕
　ここでポリフィーロは夢の中での自分の愛の戦いを終える。夢がもう長続きせず，太陽が朝になったときに，そのことを嫉んでいるのを悔みつつ。

訳者あとがき

　文学研究の第一歩は"陶酔"に始まること，これはW・カイザーが最初に明言しているところである（『文芸学入門――文学作品の分析と解釈』拙訳，而立書房，2006参照）。「愛書狂」で著名なノディエの『フランシスクス・コロンナ』（篠田知和基訳『炉辺夜話集』，牧神社，1978所収）を夢中になって通読して以来，訳者にはこのユニークな主人公のことがずっと脳裡から離れずにきた。まさに訳者を文学に魅きつけさせた愛読書の一冊となったのである。

　折しも，もう二十年ほど前のことだが，神田の古書店崇文荘で，T・W・Kなるアメリカの司書が1929年に刊行した珍しい"私家版"の英訳を発見し入手した（*Francesco Colonna* by Charles Nodier）。「400部限定出版」のうちの一冊で，はなはだ貴重な，まず入手不能な代物である（だが，それほど高価ではなかったと記憶している）。彼は司書ならではの詳しい「序文」（ノディエの『コロンナ』についてのこれほど詳細な記述はなかなか見られない*1）と「付記」まで付すというこだわりようだ。かねてより手元に置いて拾い読みしているうちに，篠田訳がある以上「屋上屋を架す」ことになりはすまいかとおそれもしたのだが，この英訳は篠田訳とは相当に解釈を異にするところもあり，「アモルとプシュケ叢書」には打ってつけの内容であるところから，あえてこの英訳を主たる典拠にして，今回拙訳をT・W・K本に劣らぬ装丁でここに江湖に送ることにした次第である。ガリマール版原書（2004）をも参照して若干中身を改変したところもある。（不思議なことに，これほどの名著なのに，なぜか伊訳は行われていないようだ。）

　＊1　最新のP・モーリエの解説をも参考用に89～94頁に収めておいた。最近出た Alain Chestier, *Charles Nodier Du proscrit à l'Immortel Récit* (Cabédita, 2015) は残念ながら，ほとんど参考にならなかった。

訳者あとがき

　わが国ではおそらく唯一のノディエ専門家と思われる西尾和子氏の貴重な著書*2も十分に活用させて頂いた。(同氏は『コロンナ』をノディエ文学の要約と見なしている。)

　翻って考えてみるに、「アモルとプシュケ叢書」の端緒を開いて発刊した拙訳『イタリア・ルネサンス　愛の風景』(而立書房、1991、共訳)の「訳者あとがき」や見返しでもすでにコロンナの挿画のことは出ていたのだし、その後も同叢書の"見返し"でずっと、この挿画はそのたびごとに利用させてもらってきた。F・ペリザウリが後押ししてくれて、第四弾として今回『コロンナ』を採用することになったのも、けだし必然の成り行きであり、遅きに失したかもしれない。本叢書は"宮廷風恋愛"を主眼に置いて出発したのだったが、『ポリフィーロの夢』はまさしくその象徴的作品と言っても過言ではないからだ。

　全訳は日向太郎訳が予定されている (ありな書房近刊)。また、2014年6月まで「ニコラ・ビュフ：ポリフィーロの夢」展が北品川の原美術館で催されていたことも記憶に新しいところだ (NHKのTVでも取り上げられたりした)。アルドゥス版原書は日本の各種展示会でも出品されてきた。

　『ポリフィーロの夢』の全訳*3 (邦訳) が出版されるまでには、まだいくらか時間を要するものと思われる。しかし、その梗概くらいは是非とも早く紹介しておきたいと考え (コッチ「序文」で多少は紹介されているけれども)、ここに「付録」として、各章の梗概を添付することにした。この梗概では、残念ながらノディエのような"言葉の魔力"は生じてこない。ノディエがいかに魅力のある作家か、ということの明白な証左ともなるであろう。なお、野島秀勝訳で有名なアンドレアス・カペルラヌスの『宮廷風恋愛の技術』(法政大学出版局、1990) が

＊2　『シャルル・ノディエの文学』中の「遺作『フランシスクス・コロンナ』——想像力の勝利——」(駿河台出版社、2001)。
＊3　現在では、仏訳、英訳、西訳、ハンガリー語訳等が読める状況にある。

訳者あとがき

出ている（英訳からの重訳らしい*4）。日本では，U・エコの第一の"長篇小説"を縁もゆかりもない宮廷風恋愛の作品（ペトラルカ）と同一視する——映画の見過ぎのせいか？*5——ような，自称「賢明ナル」迷訳者が名訳者（ピコ・デラ・ミランドラ賞に輝いたこともある）として，ベストセラーになり，闊歩している有様だ（「モロソフィア叢書」*6の新刊書，F・ペリザウリ（フランチェスコ・コロンナの親友）の『痴愚神の勝利』（拙訳，而立書房，2015）を是非とも読んでもらいたいが，「馬耳東風」，「馬の耳に念仏」だろう。日本のイタリア学の現状はこのレヴェルに留まっているのだ（何事もなかったかのように）。これでは，わが国の精神風土はいまだイタリア・ルネサンス期以前の"暗黒時代"にあると言っても過言ではあるまい。「存在するということは知覚されないということである」（ファン・ボクセル）は至言だ。「翻訳者は裏切者」（Traduttori, traditori.）。「そんなこと信じてはいけない」（Non ci credere）とは，エコの家訓だが，これは今の日本人にこそ必要な警句なのだ。

　このへんで筆を擱く。こちらが発狂してしまいそうな危険を感じて薄ら寒くなってきた（夏にはちょうどよいかも知れぬが）。ニーチェが狂ってしまった理由もよく分かる。*7 ああ，平成のお目出たい御世よ，永遠なれ！　日本人は「賢明ナ

*4　英訳テキストも出ている：Andreas Capellanus, *The Art of Courtly Love*（J・J・パリ英訳，瀬谷幸男編註，南雲堂フェニックス，2002）。

*5　映画のフィナーレはいかにも"宮廷風恋愛"らしく終わっているが，これはエコの同意のもとに監督が勝手に付け足したものなのであって，原作とは無縁である。要注意。バウマン／サヒーヒ『映画「バラの名前」』（拙訳，而立書房，1988³）参照。

*6　この語の由来については，A・パンサ／A・ヴィンチ編（拙訳）『エコ効果』（而立書房，2000, p. iii）のJ・ル・ゴフの「ラブレーが"狂気の賢者たち"（morosophes）と呼んでいる人びと」を参照。彼はエコをその一人として紹介しているのである。

*7　ニーチェの『ツァラトゥストラはかく語りき』第四部（自費出版，1885）は

訳者あとがき

ル」愚者の絶版に値する愚訳を名訳と「取リ違エ」て，なんと永らく甘やかし（その結果，害毒を垂れ流させ）てきたことか！ イタリア人なら大爆笑するところだろう。 ma gavte la nata!　Nosce te ipsum!!「動ジナイ訳者」よ，恥を知れ!!＊8　エコ本人も日本語が分かれば，苦笑せずにはおれまい。

2015年5月14日

谷口伊兵衛　識

たったの40部（本書の原書の10分の1）発行に過ぎなかったのだ。（これに比べれば，自分がいかに恵まれていることか！ 感謝のほかはない。）
＊8　「知痴民族」と日本人を批判している林秀彦氏（1934-2010）の言（『憎国心のすすめ』成甲書房，2009）も併せて想起するよう猛省を促したい。氏が論じているのは，日本のイタリア学とは無関係だが。

〔訳者紹介〕
谷口　伊兵衛（たにぐち　いへえ）
　1936年　福井県生まれ
　　　　　翻訳家。元立正大学教授
　主著訳書『クローチェ美学から比較記号論まで』
　　　　　『ルネサンスの教育思想（上）』（共著）
　　　　　『エズラ・パウンド研究』（共著）
　　　　　『都市論の現在』（共著）
　　　　　『中世ペルシャ説話集──センデバル─』
　　　　　『現代版　ラーマーヤナ物語』（ラクシュミ・ラー）
　　　　　『オートラント綺譚』（ロベルト・コトロネーオ）
　　　　　『G・ドレの挿絵21点に基づく　夜間の爆走』（ヴァルター・ミョルス）
　　　　　『図説「マクナイーマ──無性格な英雄」の世界』（カリベ画／アントニオ・ベント解説）
　　　　　『痴愚神の勝利──『痴愚神礼讃』（エンコミウム）原典──』（ファウスティーノ・ペリザウリ）

フランチェスコ・コロンナ『ポリフィーロの夢』
アモルとプシュケ叢書

2015年7月25日　第1刷発行

定　価　本体2400円+税
著　者　シャルル・ノディエ
訳　者　谷口　伊兵衛
発行者　宮永　捷
発行所　有限会社 而立書房
　　　　〒101-0064　東京都千代田区猿楽町2丁目4番2号
　　　　電話 03 (3291) 5589／FAX 03 (3292) 8782
　　　　振替 00190-7-174567
印　刷　株式会社 スキルプリネット
製　本　有限会社 岩佐

落丁・乱丁本はおとりかえいたします。
©Ihee Taniguchi 2015. Printed in Tokyo
ISBN 978-4-88059-388-3 C0097
装幀・大石一雄

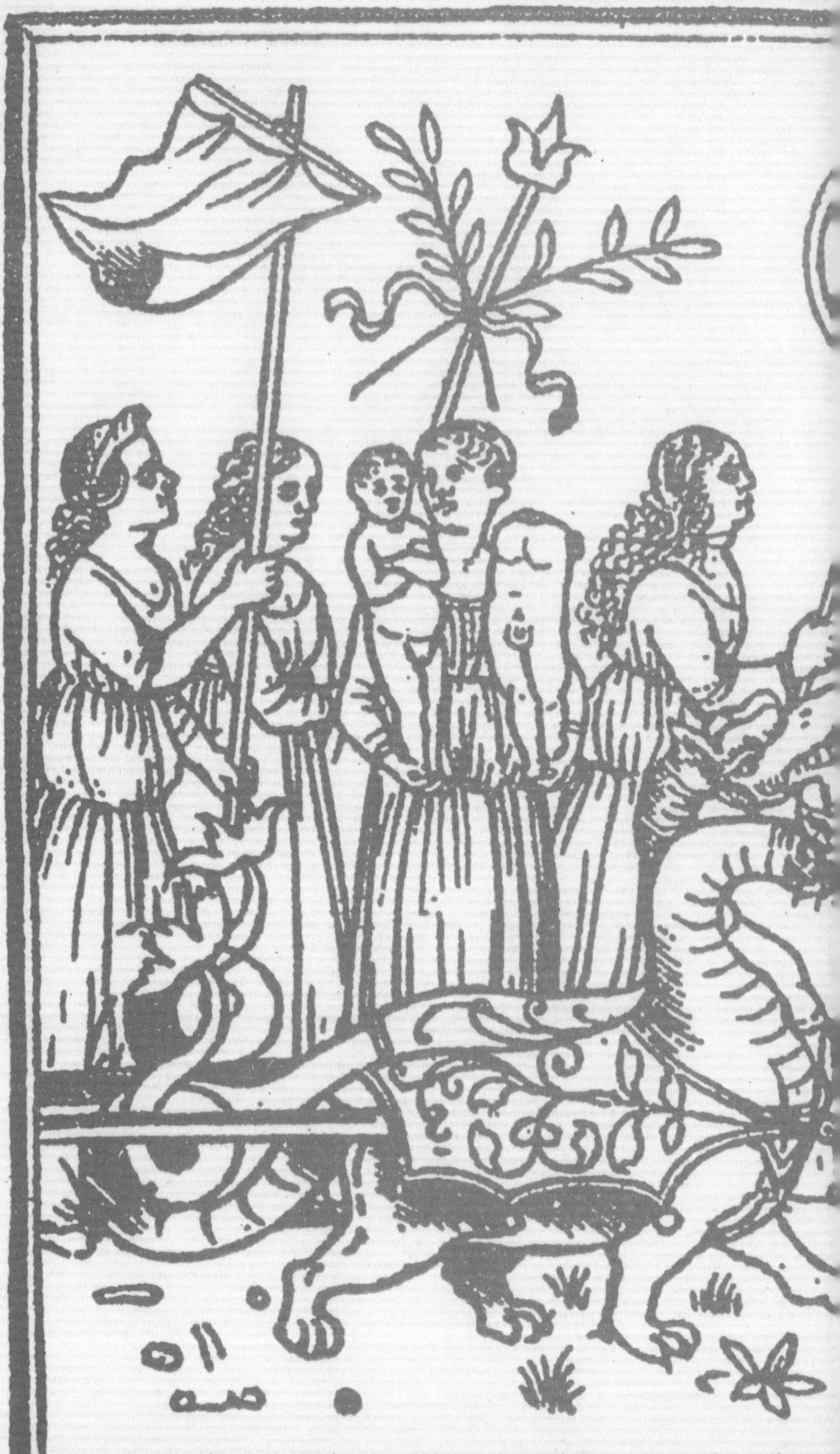